趣

让经典文学更有趣！

嘻

唐朝

传奇周刊

李公佐 等 / 原著

顾闪闪 等 / 译

长江出版社

漫娱图书

唐朝传奇周刊

第一卷
物以奇聚

第二卷
此人不俗

目录

第三卷
跨界专列

TANG CHAO
CHUAN QI
ZHOU KAN

目录

第四卷
追仙指南

【本刊记者介绍】

白行简

唐朝知名「畅销」小说家，作品类别包括且不限于穿越、世情、灵异、历史，啥都爱写，一写就红。由于千百年来版权费收到手软，生活过得非常滋润，日常游山玩水，四处交友，积极在各家文中客串，堪称文坛的一朵「娇花」。曾怂恿白行简作《李娃传》，不得不说，干得漂亮。

李公佐

人艰不拆的青年作家，以「那谁的弟弟」闻名于世，实际上自己也才华横溢，却只能在元稹和白居易的故事里默默鼓掌，好不容易交个朋友李公佐，还是个话痨，在这位的唆使下被迫入圈，写下处女作《李娃传》。由于写得太好，一炮而红，想当正统文人的理想也一夕破灭。

物以奇聚

Q 三梦记

梦里啥都有

（记者：白行简 翻译员：顾闪闪）

梦，在我国古人的心中意义非凡。

要知道算命先生的入门教材就是《周公解梦》。走在唐朝坊间，你随便找个挂半仙幌子的摊位坐下，算命先生往往连你的要求都不问，首先就会将一张价目表推到你面前：春梦五文，噩梦十文，胎梦一两附赠抓周上门服务一次。

古人相信，梦可以预言人的命运。传说三国时期，孙坚夫人孕中曾梦到明月入怀，于是生了孙策；梦见太阳入怀，于是生了孙权。蜀地这边的刘备夫人不甘示弱，费了好大劲终于梦见北斗七星，可惜生出的儿子没那么厉害，长成了"扶不起的阿斗"。

在当时，胎梦比胎教更加重要，皇帝宝妈们承包了太阳月亮和满天银河，立志要梦遍整个宇宙，更有甚者还在梦里和各路神仙不可描述了一番。历代皇帝对亲妈梦境的追求也是一个赛过一个，全然不管父亲头顶是不是绿得发光。

今天就让我们从传奇的角度，跟随白行简和李公佐，去唐人的梦中游历一番。

《三梦记》
1.提问：发现夫人深夜蹦迪该怎么办？

求助，我是大唐一名普通的文官，这天被领导留下加班，本已经托人告诉夫人今晚不回去了，但架不住新婚，下半夜完工后，还是拖着疲惫的身躯打了辆马车回家。

回去的路上，我和车夫有一搭没一搭地闲侃，正谈到今年蹴鞠联赛看好哪支队伍，忽然，车夫"吁"地叫停了坐骑，问我前面在露天舞池蹦迪的是不是我媳妇，还用鞭子指给我看。

我顿时就傻了眼，夫人一向贤良淑德，大门不出二门不迈，怎会深夜在此聚众蹦迪？夜色茫茫，但舞池深处灯火闪耀，分外晃眼，我定定看了十几眼，确定绝不会错，就是她本人！这才恼怒地跳下车去，本想上前一把拉住她，却被门禁拦住，没有会员卡进不去。

气急之下，我顺手从地上拾起块瓦片，便往舞池方向扔过去，当然我没想伤人，只是砸中了吧台上的一只酒坛。瓷坛破碎，酒水四溅，舞池内的男女登时就像有关部门来了一般，抱着头捂着脸四下逃窜，这下更抓不住人了。

我心头火烧一般，又恨又想掉眼泪，连忙令车夫加快速度往家赶。坐在车里，我想到过去与夫人的那些好时光，想到她温柔无害的笑容，想起她执着我的手说要做个贤妻良母，难道都是她的伪装？都是在欺骗我吗？

我推开家里的门，本想喝口凉水冷静一下，再等她回来好好听她解释，想不到却看到夫人满面笑容地捧着热茶从房内走出，对着我嘘寒问暖，说加班辛苦了。

我登时就定在原地，只觉满头雾水，夫人回来得怎么比我们的快马还快？她又是什么时候换好衣服又煮好了茶？一路赶来的我已经气喘如牛，夫人头上却连一滴汗都没有，这波澜不惊的神情，这以假乱真的演技，难道我的夫人真的是个戏精？

我和她讲了舞池蹦迪的事，她拒不承认，说自己全天都没有离开过家。因为这事我们已经吵了半个月了，哪位见多识广的大神能告诉我，这到底是怎么回事，我该信她还是该信自己的眼睛？

@ 也很有名的白行简 @ 文红人不红的李公佐

Q 查看全部233个回答

【邀请回答】   【写回答】

◎ 文红人不红的李公佐：　　【＋关注】

谢邀，题主既然 @ 我和小白，必然是读过我们俩的传奇作品。谢小娥女扮男装擒盗匪，不是照样全民点赞；李娃身为风尘女子，气节胸怀也令人叹服。女孩子半夜出门蹦个迪怎么了？她不是照样连夜为你煮好茶做好饭，当个称职的好妻子吗？阁下身为唐朝汉子，难道这点肚量都没有吗？

❤（赞同 13k）

评论：

@ 吏禄三百石的白居易：即便答主和舍弟是好友，这样的说法本人也不能赞同，血可流，头可断，社会风气不能乱，这妇人之迪断断蹦不得。

@ 文红人不红的李公佐：@ 吏禄三百石的白居易　真心看不上你们这样的大 V，迂腐，古板，出来打架！

@ 宝镜鉴赏家王度：答主戾气有点重。

◎ 也很有名的白行简：　　【＋关注】

李兄别激动，题主也未必是纠结于蹦迪一事，可能只是想不通为什么夫人要欺骗他。@倒霉宰相刘幽求 哥们儿，这不是和你的经历一模一样吗？出来说说？

♥（赞同 5k）

◎倒霉宰相刘幽求：　　【+关注】

确实，这样的事本人真遇到过一次，当时我也看见太太在蹦迪，也一个砖头丢了进去。不过不用担心，这世上不是有魂梦相通一说吗？我太太讲，事情发生时她正在睡觉，梦中与十几个人结伴游玩，躯体不听使唤，莫名其妙就蹦起了迪，喝酒吃席进行得热闹，忽被一块从天而降的砖头砸中了酒器，杯盘狼藉，这才惊醒过来。我听后恍然大悟，不知能否解开题主心中的疑惑，在我看来，这正是你们相爱的证明呀！

♥（赞同 3）

评论：

@人渣鉴赏家蒋防：老实人。

@也很有名的白行简：楼上慎言，世界之大无奇不有，我觉得是真的，因梦而起的事我也遇到过。

@吏禄三百石的白居易：@情诗和情史一样多的元稹 微之，他是在说咱们俩的事吗？

2.把在下的黄金狗粮端上来

本篇第二个故事，就发生在作者白行简身边，故事的两位主人公我们更是熟悉，他们便是赫赫有名的大唐好亲友：元稹和白居易。

且不说二人凭借着《莺莺传》和《长恨歌》两部巨作，千百年来一直把持着戏剧界的半壁江山，才华那是夸也夸不完；只把元白生前的友情故事细细讲来，就可以说个三天三夜。

　　这世间的好兄弟有很多，但像他俩这么会写诗，又这么爱炫的，就屈指可数了。二人因诗结缘，一见如故，酷爱给对方寄小纸条，从早期的"愿为云和雨，会合天之垂"，再到中年的"念我口中食，分君衣上暖"，后期就更不得了，什么"君埋泉下泥销骨，我寄人间雪满头"，什么"我今因病魂颠倒，唯梦闲人不梦君"，这些佳句不知被各路写手画手剪刀手搬用过多少遍。

　　因为这段友谊太过感人肺腑，从古至今的群众都难免产生过诸多臆想。

　　只有白行简不想，因为他就在现场。

　　白行简多年来耳濡目染，内心早已毫无波动，墨镜换成了电焊面具。任亲哥与元侍郎如何诗赋酬答，岿然不动，靠的就是铁血硬汉的一身刚直正气。但忍耐到底也有个限度，不得不说，元稹出任剑门关外御史的时候，白行简心里还是有一丝窃喜的，想着眼前终于能清净一会儿了。

　　可他还是太天真了。

　　某天，他与哥哥白居易、友人李杓一同去游曲江，著名的承恩寺便坐落在曲江边。三人尽情玩耍，一待就是好多天。这晚天气不错，他们便在僧院客房外摆起酒宴，对酒酬答，要多欢畅就有多欢畅。

　　忽然，白行简发现亲哥莫名停杯，呆了约莫一炷香的时间，才回过神来，喃喃道："微之应该到梁州了。"

　　白行简："啊？"

　　亲哥时不时地思念远方的朋友，这个他早就习惯了，触景生情，感叹"美不美，曲江水，亲不亲，宦游人"什么的，也算不得怪事。

但人家外出走到哪儿了，你是怎么知道的？还说得那么肯定。难道你二人已发展到靠脑电波通信的程度了？

白居易也不解释，只在屋壁上挥笔写下："春来无计破春愁，醉折花枝作酒筹。忽忆故人天际去，计程今日到梁州。"

白行简牙帮子一酸，打了个寒战，满心想道："哥你在这儿题诗诉衷情人家也看不见，纯属浪费情怀。"

想不到短短十多天后，白府便收到了一封长途加急信件，落款处明晃晃写着"元稹"两个大字。白居易哗啦啦展开信纸，神情几度变化，最后欢快地拉过弟弟道："我给你念念微之写给我的诗！"

白行简警惕："没必要，哥，你这真没必要。"

可白居易仍执意分享喜悦："梦君兄弟曲江头，也入慈恩院里游。属吏唤人排马去，觉来身在古梁州。"

简而言之，我梦见你们兄弟俩在游寺了。

顺便说一下，一觉醒来，我发现自己到梁州了。

亮出年月日，与白居易游寺题诗的日期半点不差。

什么叫默契！什么叫心心相系！即便相隔万里，也要在梦里找到你。

元稹、白居易：对不起弟弟！我俩惺惺相惜，情不自禁。

白行简：在元白面前，我的故事一文不值。

3. 有缘梦里来相会

第三梦的主人公名叫窦质，是个单身小伙子。

单身小伙子总容易梦见漂亮小姑娘，这一点不奇怪，这天夜里窦质同往常一样入梦，大雾重重中，只见一青裙素襦的女巫站在祠堂下。

女巫长发飘飘，窦质心也荡荡，他上前几步一把拍上对方肩膀，巫女蓦然回首，甜甜一笑："等您许久，您可算来了。"

窦质的笑容却凝固在唇边。

女巫是糖，甜到忧伤，可惜是黑糖，再加上这位身材高挑，怎么看怎么像从赤道附近偷渡过来的。窦质看着她一口灿烂大白牙，心中颇有几分失落，抬腿就要醒，却被一把拽住了胳膊。女巫对着他深深拜道："我来为郎君祝神①。"

窦质只能皱着眉头站在原地听，只闻女巫道："郎君啊！你是不是吓得慌啊呀呼嘿，你要是吓得慌啊，请你醒来去祠堂，赵氏祠堂帮你忙……"

歌声太过凄厉刺耳，听得窦质两脚一蹬，立刻就醒了。醒后他抚着胸口直冒虚汗，着实感觉吓得慌，拉住同行好友韦旬就直奔附近的华岳祠。

天刚蒙蒙亮，大雾弥漫，二人只见一女巫立于道旁，青裙素襦，与窦质梦中丝毫不差。

窦质上去一把拍在女巫的肩头，女巫蓦然回首，甜甜一笑："等您许久，您可算来了。"

旁边韦旬被面前人的肤色吓了一跳，却听窦质试探道："在梦里，在梦里见过你？"

女巫眼睛也变得亮晶晶："你的钱包那样熟悉，我还能想得起。"

韦旬两手捂眼："窦兄原来你的口味这么有南国风情。"

窦质这才松了口气，哈哈笑道："不是你想的那样，事实上，我做了个奇妙的梦。"随即将梦境与现实重合的事讲给他听。

两人疑惑解开就要撤，窦质却被一把拽住了胳膊，女巫深深拜道："我来为郎君祝神，郎君啊！"

窦质："别开腔，别开腔！要多少钱我都给。"说着赶忙从随从那拿过钱袋，从里面取出两镶钱，交到女巫手里。

---

① 祝神：祝祷于神灵。

女巫看看钱，笑了，对身边同事道："果然和梦里一模一样。"

窦质惊了："你也做了怪梦？"

女巫如实道："昨晚我梦见两个人从东方来，其中鬓角短短的那个，也就是郎君你，给了我两镘钱打赏，现在果然应验了。"

敢情这梦还分上下集的，窦质一拍大腿："你姓赵对不对？"

女巫："你咋知道的？"

二人一见如故，话匣子一开就聊个没完，窦质也越瞧大黑丫头越顺眼。

而站在一旁的韦旬默默看着这一切，脑中已经有了画面：过年这二人携手回陕西老家，乡亲们全来问窦质女朋友哪儿找的呀？小两口一黑一白，都露出一口大白牙，喜庆地答道："梦里。"

这三桩关于梦的故事，各有各的奇幻之处，但都是些闪现的片段，接下来这位睡神，却睡出了跌宕起伏，睡懂了人生真谛，睡成了"做梦"的代名词。请听，白行简的好友李公佐倾情讲述《我如何靠做梦月入百万，走上人生巅峰》。

《南柯太守传》
4.醒醒，起来暴富了

我叫淳于棼，是本篇的男主角，拥有传奇梦境的男人。

或许在一般人的印象里，我是个郁郁不得志的宅男，一事无成，只能靠幻想"梦里啥都有"实现价值。错了，那是"黄粱一梦"①的人物设定，与我无关，我的人生履历非常丰富且辉煌，仗过剑，任过侠，上过战场留过疤，坐拥良田千万亩，就差组建一个家。

什么？你问我那为什么坐在这白日喝大酒？

咳，作为一位懂得规划生活的成功人士，我敏锐地意识到，出走半生后，在军队找份公务员的差事，娶个贤妻终老或许是我最好的归宿。谁料那个人渣主帅，他居然……居然对我做下这种事。

他竟不允许我喝酒！

大家听听，这像话吗？俗话说，血可流，头可断，作息习惯不能乱。作为一个平素每天至少三顿，每顿至少半斤的酒水品鉴家，我与主帅发生了激烈的冲突，尽管他位高权重，身边又有护卫重重，但我毫无畏惧，拔剑直……

咦？我剑呢？

……

对不起各位，我们是淳于棼的友人，现在他喝高了，我们这就送他回家。方才这个醉鬼的言论大家可以当作没听见，顺便说一下，半年前他就因为酒后忤逆主帅，被逐出军队了，失业后潦倒落魄，每日在自家宅院南边的大槐树下聚众饮酒，终于在今天出现了健康问题。希望大家引以为戒，小酌怡情，过量伤脑。

这边两位友人守护在淳于棼的榻旁，秣马濯足，等待他醒来；另一边，淳于棼已经昏昏沉沉陷入睡梦之中。

忽然，他睁开了双眼。

只见两位紫衣使者笔直地站在他身旁，对他道："嗨！"

淳于棼："嗨……"

淳于棼："你们是谁？"

紫衣使者恭敬跪拜道："小臣奉槐安国王旨意前来相邀。"

淳于棼："槐安国？有这个国吗？槐安国王是谁？邀请我干什么？"

紫衣使者恭敬跪拜道："小臣奉槐安国王旨意前来相邀。"

得，敢情是俩没有灵魂的路人角色。

他像被什么吸引着一般，不由自主整好衣衫下了榻。门口已有青油小车等候，看来他在槐安国王眼里，咖位还不小，要动用四马驾车，七八人随侍。

---

① 黄粱一梦：典出唐代沈既济所著传奇《枕中记》。

被小心翼翼搀扶上了车，他也不清楚自己现在是个什么定位，不管怎么说，是个有专车的人了，至少先摆摆谱。他慵懒地向后靠去，往窗外一瞥，随即跳了起来。

"停车！停车！这是往哪儿开呢？"

紫衣使者全无反应，出了大门，径直就往他家南面那棵大槐树撞去，槐树枝叶繁茂，荫蔽甚广，淳于棼只觉眼前一绿，一场交通事故就要上演。

马车顺着树下的一个土穴进入了另一番天地，穴小车大，通过的原理他也不知道，他也没敢问。再睁开眼时，车窗外的山川风候、草木道路已与寻常人间大不同了，他就像个没见过世面的观光客一样，四处张望，没过多久，巍峨的城堞墙郭便映入眼帘。

车水马龙，络绎不绝，他们进城了。

城，是槐安国的都城；他，是槐安国王的客人，排场自然非同一般。

淳于棼耳边是传车者的高声呼喝，挑开帘子，只见四下前呼后拥，旌旗开路，即便这样也挡不住海浪一样涌上来的围观人群。他瞬间整个人飘了起来，露出营业式微笑，附加擦窗式摆手，被击中的小姐贵妇们纷纷骨牌式跌倒，尖叫声一波高过一波。

青油小车行得飞快，转眼又进了王城，城内朱门重楼鳞次栉比，最高大的那座楼上悬挂着四字金匾——"大槐安国"。

门外守军一看他的车驾到了，趋趋急拜，又转身奔走入殿，没过一会儿，只见一匹轻骑自宫内飞驰而来，令官在马上高呼："国王因驸马远道而来，旅途劳累，特令其在东华馆歇息。"

淳于棼左看看，右看看，却只在宫门外看见一和尚，喋喋不休道："贫僧从东土大唐而来，欲往西天拜佛求经，还望槐安国王倒换通关文牒。"守军不耐烦极了，和尚却挥之不去，看样子驸马显然不是这位。

"请问……"他挠挠头，"我也是东土大唐来的，你们国王是不是找我有事？另外，驸马是谁呀，我怎么没看到他人呢？"

守军脸色秒变，一拍大腿，推开和尚脸上堆笑道："驸马就是您老人家啊，您怎么一点贵人的自觉都没有，还在这儿干站着，来来来，我领您去东华馆啊。"

淳于棼被搀扶着又上了车，来到东华馆外。大门洞开，小车直入，过眼处皆是彩槛雕楹、几案茵褥，果然充满了王室的奢华气息，庭下栽种着华木珍果，席间则摆放着各色美味佳肴，看得他垂涎欲滴。

槐安国公主，他是断然没见过的，不知道这些宫人为什么搞错了，将他当作驸马来款待，但有一点淳于棼能够确定。

这，才是他想要的人生。

5.也许很突然，今天我要结婚了

"没错，驸马就是你。"

淳于棼呆呆站在阶下，面前站着紫衣象简的槐安国右相。右相礼节周正，话说得客气："我王以鄙陋之国，高攀君子，欲结为姻亲，不知道你怎么想？"

"我非常想。"他不假思索，"可鄙陋的不是贵国，是我啊！你们确定没认错人？"

不知道槐安国君臣是不是看中了他的自知之明，存疑的话一概不听，非要帮他解决单身问题。淳于棼跟在右相身后入了朱门，直奔升华殿，沿路军吏数百，肃立道旁，不知道为啥，其中竟夹杂着不少他昔日的酒友，个个握斧提钺，见他在眼前路过也面无表情，场景颇有些诡异。

不过他现在处在极度的兴奋中，心中自然只有得意，想着这么多男青年中，只有自己得国王青眼，这国王还挺有眼光。但得意之余又有点发怵，俗话说"伴君如伴虎"，何况是当国王的女婿？

这样想着，不知不觉就到了殿前，宝座上的槐安国王大高个国字脸，穿素便服，簪朱华冠，长得就颇具王者之风，可惜淳于棼不敢抬头看，他正跪在地上，吓得发抖，话都说不出来。

"往昔，令尊不嫌弃我们国家鄙小，准许寡人的次女瑶芳侍奉君子。"

国王虽然等级高，但也和使者一样没有什么灵魂，说完这句台词后就回内宫休息了，留下淳于棼在那一脸蒙。

他爹的命令？他爹倒是出过国，但是是作为边将去打仗的，还没打赢，被敌军俘虏了，如今死活不知。难道是他和北方敌军讲和了，才引发了这一系列事件？

这实在是……

干得漂亮。

作为一名没理想的嗜酒青年，淳于棼想不通就不想了，高高兴兴在右相的陪伴下参加自己的婚宴。宴会排场自不必说，羔雁币帛，无不完备，妓乐丝竹，样样都有，璀璨的红烛下排列着山珍海味，车骑礼物一眼看不到头。

最重要的，是有美女如云。

数千侍从簇拥着王室贵女们袅袅而来，冠翠凤冠、衣金霞帔、彩碧金钿，自带打光，迷得他睁不开眼。这个自称华阳姑，那个名叫青溪姑，上仙子下仙子的，淳于棼也分不清，只知道漂亮是真漂亮，仙得名副其实。

这群风姿妖冶的仙女们蜂蝶般围绕在他身边，也不管对方是不是有妇之夫，争相与他戏弄调笑，个个言词巧丽。淳于棼又不是什么风流才子的人设，几杯酒下肚就被绕得满脸通红，不能对答。

正当此时，忽有一俏丽女子从人群中挤出来，冲他眨了眨眼道："去年上巳节，我与灵芝夫人一同过禅智寺，在天竺院观石延舞《婆罗门》。我和众姐妹坐在北牖石榻上，彼时君少年风华，也解骑来看。"

淳于棼：去年？上巳节？那正是我被逐出军队的时候啊！房租都付不起了，哪有余暇去禅智寺看什么《婆罗门》舞？

女子见他恍神，又提醒道："那时候还是你主动来和我们亲近呢，我们聊得很愉快，我和穷英妹子还将一条绛色丝巾挂在竹枝上，难道你真的不记得了吗？"

淳于棼：这不是记不记得的事，这么有高级感的事就不可能发生在我身上！话说姑娘你这个语气，是想演绎老情人久别重逢的剧情吗？请你也稍稍看下场合，这是我的婚礼现场啊！

女子没能读出他滔滔不绝的潜台词，仍柔情道："七月十六日，我在孝感寺跟随上真子听契玄法师讲《观音经》，听完后舍下金凤钗两只，上真子舍下水犀合子一枚。当时你也在席上，从禅师那借来金凤钗与水犀合子观看，赞叹再三，嗟异良久，望着我们道：'这些宝物与宝物的主人，都是人世间难寻的啊！'又问我叫什么名字，住在哪里，这样情意脉脉、恋恋不舍的场景难道你都忘记了吗？"

淳于棼：她在说什么？怎么就认准我了？这么高段位的情话明显不是我能说出来的啊！难道在她眼里我不是我，是其他人？好神经一女的。

于是他说："怎么会？我将这些回忆深藏心底，一日也不敢忘记。"

男人的嘴，骗人的鬼。

众人一看这再不拦着点，下一步就该牵手私奔了，连忙调笑道："谁曾想现在你们俩却成了亲戚！"

淳于棼瞬间被打回现实，对啊，他是要做驸马的人！正左右环顾，想找个理由给姑娘发张好人卡，目光却不经意落在了一个人身上。

他一口果酒喷出去：田子华，敢情你也穿来了！

6.大唐驻槐安国三人组

田子华是淳于棼的老朋友，酒桌上能战到最后的孤胆豪杰之一，不知道是不是这个原因，被槐安国王派来当他的伴郎。

在淳于棼惊奇的目光中，子华整了整繁复的礼服，端坐在他面前淡定道："然。"

"然什么然，我都吓坏了。"淳于棼扯了扯他的大袖道，"我正好好睡着觉，不知从哪来了俩紫衣人，二话不说就把我逮上马车，径直往我家门口的大槐树撞去……还有那个槐安国王，居然让我当驸马，还说是我爹的命令，我爹的事你也知道……"

田子华："然。"

淳于棼急了，上去一拳道："你不会也被摄魂了吧！话说，你是怎么来的？"

田子华眉梢挑了挑，证明自己灵魂犹在，接着不紧不慢道："前段时间我不是自驾游吗？信马由缰进了槐安国境内，误打误撞受到了右相武成侯段公的赏识，莫名其妙就留了下来。"

淳于棼正想感叹，兄弟你这人生处处是随机，转念一想，自己这边意外也不少。话到此处，他忽然想到了什么，压低声音道："周弁也来了，你知道吗？"

周弁是酒桌上能战到最后的孤胆豪杰之二，也是他们的老朋友了。

子华不好意思道："周兄如今是贵人了！官叙司隶，权势甚盛，我能在这打工也多亏他罩着。"

淳于棼一挎他胳膊，笑道："没事，以后兄弟你就跟我混。"

二人还想接着侃，却听殿内传声道："驸马可以进来了！"

田子华便与其他两位伴郎一起，替他取来宝剑环佩，换好大婚的冕服，准备送他入洞房。临走时子华无限感慨道："都是一起喝酒的朋友，怎么偏偏你就能喝成驸马，我却只能给你牵马呢？兄弟答应我，苟富贵，勿相忘，好吗？"

前方有妙龄公主等候，淳于棼哪儿还能听进别的，端坐在车中，神思恍惚，不安得直想撕纸。车外几十位仙姬，披帛飘飞，演奏着他从未听过的音乐，婉转清亮、曲调凄悲；又有执烛引导者，手中烛光灿灿，漫延成一片星河。香车左右，金翠步障，彩碧玲珑，数里不断。

坐在身旁的田子华看他这么紧张，便说笑话来开解，什么"从前有个馒头，走着走着突然饿了，于是就把自己给吃了"，什么"从前有根香蕉，走着走着热了，于是就把衣服脱了，然后就把自己滑到了"……越听淳于棼越觉得手脚冰凉。

正在此时，之前见到的王室贵女们又各乘凤翼辇，往来其间，与他一同在修仪宫停辇下车。礼官引导着他来到人群中，介绍道："驸马爷，这是你大舅母。"

淳于棼行礼："大舅母。"

礼官："这是你二舅母。"

淳于棼继续行礼："二舅母。"

礼官又回身道："快去请姑娘们都来，今日金枝公主大婚，可以不用上学去了。"

淳于棼：千百年来大户人家都搞这套操作吗？

进入内殿，屏风羽扇撤去，只见一位十四五岁的神仙小姐姐坐在床边，美貌多情、眉目如画，看样子就是礼官口中的金枝公主。淳于棼瞬间就被惊艳了，二人隆重地进行了仪式，喝下合卺酒，从此夫妻恩爱、举案齐眉自不必说，他出入的马车服饰，平日的游宴排场，都一跃升为了仅次于国王的级别，荣华富贵，言之不尽。

从此，淳于棼的人生就如同开启了一款养成经营类单机游戏，而且是不能存档的那种。现在，就让我们进入第一关。

7.驸马成长计划

请选择性别：男。

请输入角色姓名：淳于棼。

【开始游戏】

玩家开启"交际"功能。

任务：陪同槐安国王和群臣前往国境西部灵龟山围猎。

场景介绍：灵龟山是槐安国甲级风景区，山阜峻秀，林树丰茂，是最受皇亲国戚们欢迎的皇家猎场。

领取奖励：飞禽走兽若干，金枝公主倾慕 +10，南柯国王信赖 +5。

玩家进入"朝堂"场景。

任务：探知父亲生死，获得书信一封。

淳于棼："启奏大王，昔日臣与公主结亲之日，大王曾说过是奉臣父的命令。可据臣所知，臣父作为边将时，曾用兵失利，陷没胡中，与家中已有十七八年没通过书信了。大王既然知道臣父的所在，还请务必告知，臣愿前去拜觐。"

槐安国王："亲家翁在北地驻守，音信不绝，卿只需将近况写下来，派人给令尊捎去便可，不用亲自前往。"

获得【书信一封】，知晓父亲年来经历，并收到问候："棼棼，好久不见，我是爸爸，十八年不曾联系，想必你已经长大成人了吧！家里的亲戚还好吗？家里的田收成还好吗？爸爸在边外一切顺利，只是道路遥远，风烟阻绝，你过来也不方便。你安心在国内做驸马，丁丑年间，我们必会重逢。"

领取奖励：复活的不靠谱亲爹 1 个，预知能力 +5。

【剧情】

金枝公主："来到槐安国这么久了，难道夫君不想从政吗？"

淳于棼："我平素放荡，不习政事。"

金枝公主："如果夫君愿意，我当为你筹划。"

几日后。

御诏：南柯郡政事不理，急需贤才，现加封驸马淳于棼为郡守，即日与公主同行，前往治所。

钦此。

领取奖励：黄金、宝玉、锦绣、箱笼、仆妾、车马若干。

提示：您的政治才华储备不足，为了保证您此行顺利，您需要两位得力干将作为左膀右臂，来辅佐您。

点击【一键封官】，在这里可以晋升大臣，并大幅度提高其能力。

武将周弁：忠正刚直，勇武守法，有毗佐之才。

文臣田子华：清慎通变，精通政令，有一定的文化水平。

【晋升成功】

周弁被封为南柯郡司宪。

田子华被封为南柯郡署司农。

【剧情】

槐安国王与王后一同亲临宫城南门，为淳于棼和公主饯别。

国王："南柯郡是槐安国数一数二的大郡，土地丰壤，人物豪盛，但治理难度也不低，组织将这个任务交给你是对你的信任，希望你与周田两位大臣一起，向朝廷交上一份满意的答卷。"

王后："女儿啊，驸马性情刚直，年少冲动，加上好酒的习惯一直都没改，你要好好照料他，成为一位好妻子，母后在都城才能够安心。南柯郡虽然离这儿不远，到底也有时差，今日一别，要母后怎能不落泪？"

淳于棼与公主登车拥骑，快乐地离开都城，几日后到达了治所。

解锁新场景【南柯郡】

场景介绍：南柯郡是槐安国第一大郡，面积广大，人口众多。城门上提有"南柯郡城"四个大字，郡内亭台楼阁布局合理，环境优美，人文气息浓厚。车驾入城后，官吏、僧道、耆老、音乐、车舆、武卫、銮铃争相前来迎接。

开启主线【治理南柯郡】

任务：在周田二人的辅助下，了解当地风俗，体察百姓疾苦。

领取奖励：朝中威望 +20，民心 +30，南柯国王信任 +50，赐食邑，锡爵位，居台辅。

另获得功德碑 1 块，生祠 1 座，颂扬歌谣 20 首。

【剧情】

您在南柯郡度过了二十年的岁月，与金枝公主育有五儿二女。儿子皆以门荫授官，女儿也都嫁给了王族，当时淳于氏在槐安国的荣耀显赫无人能及，就连系统送的周弁和田子华也都成了当时赫赫有名的能臣。

然而此时……

守军："启禀郡守，今有檀萝国贼军，犯我南柯郡。"

国王："啊呀呀，这可如何是好？驸马，本王命你速速退敌。"

淳于棼："周弁，本太守令你率兵三万，在瑶台城击退敌军！"

周弁："得令！诸将随我征讨檀萝敌虏！"

【对决】

周弁刚勇轻敌，冷静值不足，智慧值不足，陷入敌军包围。

【战斗失败】

【剧情】

这一战后，主将周弁虽单骑逃回，但身受重伤，南柯郡也因战败被敌人掳掠殆尽，元气大损。您将周弁下入大牢，以安民心，又入都城向国王请罪，国王将你们一概赦免，但颓废的局势已再难挽回。

创伤：南柯国王信任 -20，民心 -30，朝中威望 -40。

当月，周弁因背疮发作身亡，队友 -1。

几月后，金枝公主因病逝世，队友 -1，南柯国王信任 -100。

【实力重创，能量不足】

您将南柯郡太守的位置让给属下田子华，护丧回到都城，一路上男女叫号，人吏奠馔，趴车拦路不让您离开的南柯郡老百姓不可胜数。

【剧情】

回到都城后，您与槐安国王、王后一起为公主举行了盛大的葬礼，谥公主曰"顺仪公主"。随着时光的流逝，悲伤也慢慢淡去，您本以为日子将会恢复到以往的平静状态，但想不到与此同时，朝中一股势力正蠢蠢欲动。

大臣："如今天象有异，国家恐怕会有重大危机。如今都邑迁徙、宗庙崩坏，必定是因为朝中有人里通外国，大王您若不及时决断，恐怕会祸起萧墙啊！"

原来您治理南柯郡时，曾积极与故土华夏交好，回都城后，又每日与宾客郊游玩乐，威望越来越高，引起了许多朝臣的仇视，就连您曾经的岳丈槐安国王也对您生出了忌惮之心，夺去了您的侍卫，将您禁足在家中，就连小孙子也被接入宫中养育，信任 −1000。

淳于棼："臣守郡多年，从无乱政，横遭此流言，实在心痛。"

国王："你与本王结亲已有二十年，但小女不幸早亡，不得与君子偕老，你自然心痛。"

淳于棼："……"

国王："卿离家多时，不妨暂且回家乡住段时间，见一见亲族。儿孙们就留在此处，不要挂念。等过上几年，朝廷自会再去接你回来。"

淳于棼："这就是我的家，您让我回哪去？"

国王笑道："卿本是凡间之人，家并不在这里，你都忘记了吗？"

【解锁记忆】

您猛然醒悟，待到反应过来时，却发现自己已泪流满面。走到宫门外，来迎接您的依旧是那两位紫衣使者和那辆青油小车，和往日浩荡的仪仗相比，无比凄凉。

您坐上马车，辘辘出了王城，窗外的山川原野，景色如旧。送您回去的两位使者皆神色怏怏，无半点威势，您也不由得叹了口气，问他们道："广陵郡什么时候能到？"

使者各聊各的，良久才想起搭理您，随口答了句："催什么，等会就到啦。"

人生至此，您不禁感叹："人世倏忽，繁华如梦。"

【完】

【达成成就"南柯一梦"】

8.南柯牌人生模拟器

淳于棼猛地从梦中惊醒。

自家院子里僮仆正在沙沙扫地，送他回家的两个友人正坐在床旁洗脚，西垣的斜阳还未沉落地平线，东牖剩下的酒水还于杯中盈盈闪动着微光。

他坐起身，好久都没能说出一句话，千言万语化作了一声叹，两个友人凑上来问他怎么了，淳于棼道："我梦见自己在打单机养成游戏。"

两友人不懂他在讲什么，听完梦中的全部经过，更是惊骇不已。三人一同跳下床，快步来到院南，淳于棼指着大槐树下的土穴道："我就是从这里进去的！"

两友人："那必然是狐狸作祟了。不行，这可不是小事，来人，快把树根劈开！"

锄去泥土，挖开根系，只见一个大洞豁然明朗，看面积足可以容纳一张床榻。里面堆积的泥土，便好似城墙、楼台、宫殿的样子，数不清的蚂蚁聚集其中。当中有一座小小的土台，呈丹朱之色，两只大蚁停驻其上，红头白翼、三寸多长，周围有几十个大蚂蚁护卫着，别的蚂蚁都不敢靠近。

"看来这就是我那翻脸无情的老丈人，此处就是槐安国都。"淳于棼自言自语道，"那我家公主呢？公主坟在哪儿？"

找来找去，在大槐树靠近南枝处，他又发现了一处洞穴，中间一块方地上，也分布着土城小楼，"蚁口"密度也很高。

"这就是我治理的南柯郡了。"

旁边又有一土穴，穴里面有一只腐烂的乌龟，巨大的龟壳由于积雨浸润，生出了青翠茂密的小草，草丛覆盖了整个龟壳，这就是他曾经随王狩猎的灵龟山。

"啊！找到了，我的亲亲公主啊，你的坟怎么被挖开了？"淳于棼一边用手掩埋树根旁被掘起的小土堆，一边回头瞪了两个友人一眼，"都怪你们两个！"

两友人："？"

夜晚躺在榻上，淳于棼久久不能入睡，耳听窗外暴雨倾盆，直到天亮才停。

清早，他冲出家门，来到大槐树下查看，蚁穴早已被冲溃，群蚁也早已不知所踪。原来"国有大恐，都邑迁徙"不是造谣，还真有这么回事，至于"迁都"的原因，他好像也真的脱不开干系……

很快，淳于棼又找到了"檀萝国"的所在。宅东古涧中，一株大檀树藤萝拥织，遮天盖日，藤下也藏着规模惊人的蚂蚁王国，他还特地观察了一下，看军力，果然这堆蚂蚁要强悍不少。

话说，如果檀萝国与槐安国已经打过一仗了，那么周弁和田子华……

他一拍脑壳，赶紧派人去问，得到的消息是周弁已经因暴疾猝死家中，而田子华也卧病在床有些时日了。

三年后，岁在丁丑。淳于棼于家中去世，时年四十六。

大槐树下的蚁穴早已被冲毁，但这一切却又与梦中恰好契合，或许在另一个世界里，淳于棼头顶又冒出了复活标志，正乘着青油小车赶往与父亲团聚的路上呢。

贵极禄位，权倾国都，庸庸人世，蚁聚何殊。

改编自白行简《三梦记》及李公佐《南柯太守传》

皇帝就不许有点爱好了？

（记者：陈鸿　　翻译员：顾闪闪）

当皇帝辛苦，当唐朝的皇帝更加辛苦。

作为一辈子工作无休的国家公务员，皇帝不缺地位不缺钱，美人填满三宫六院，想追求点兴趣却很难，选择爱好都得独辟蹊径。

如果把历史上皇帝的爱好列成表格，一眼看去，堪称好笑。

南朝齐炀帝萧宝卷喜欢在宫中捕鼠，最爱和贵妃潘玉儿一起玩市井做买卖；北朝齐后主高纬热爱扮演乞丐，莲花落唱得炉火纯青；明世宗朱厚熜是位合格的猫奴，好不容易投上个万人之上的好胎，却偏把小猫当成主子，主子薨了还绝食几日，逼着大臣给猫咪写祭文；明熹宗朱由校喜欢做木工活，发明了中国最早的喷泉……

每年都在宫廷剧里打卡的乾隆皇帝，爱好就太具杀伤力了——专喜欢挑着那些顶顶名贵的书画，在上头留下自己弹幕般的宝印，其破坏性无异于旅游景点石头上的"到此一游"。

平常人有点嗜好无伤大雅，顶多被骂句"玩物丧志"，但皇帝不一样，他们的爱好影响力巨大，既能富邦强民，又能倾城倾国。

今天本书就选出唐朝皇帝中最有名的两位，跟您说道说道。

《兰亭记》
1.《兰亭集序》与唐太宗

提起唐朝皇帝，就不得不提唐太宗李世民。

高祖皇帝您别急，虽说您是大唐的开国皇帝，但盖不住您儿子自带历史剧男主光环啊！

《隋唐演义》里，还是秦王的李世民策马扬鞭，目光炯炯，是多少闺秀小姐的梦中情人，而高祖李渊的定位则是"中年官员""帅哥他爸爸"；等到李世民君临天下后，他开拓了"贞观之治"，成了明君代表，创造了万国来朝的初唐盛世，这时候李渊是——太上皇。

就是这样一位连爸爸风头都要抢的大唐知名君王，却也有着自己的求而不得……

长孙皇后：再说一遍？

别急，别急，知道您二位是贤伉俪，我们这回开的也不是言情剧本。让太宗皇帝意难平的，是一卷大名鼎鼎的行书作品——《兰亭集序》。

作为文武双全型皇帝，唐太宗完善了科举制，建立了巨型图书馆"弘文馆"，自己也酷爱临帖作诗。这般的文艺气质加身，加上要做天下士人的表率，得不到《兰亭集序》这事儿就越发令太宗皇帝耿耿于怀。

试想哪天他太学开讲，振兴文化的政策正说到慷慨激昂，忽有一金发碧眼的留学生在底下举手问道："听说天朝书法水平非常高，不知道王右军的代表作《兰亭集序》陛下有没有收藏呢？"

一国之君，哑口无言，丢不丢人？

这样的场景，太宗皇帝想都不敢想。

于是他召来房玄龄，说出了自己的诉求。

房玄龄听后很无奈，挠挠头语重心长道："陛下啊，是您收藏的书帖不够多，还是全国的政务不够您忙，钻什么牛角尖？"

唐太宗："……"

房玄龄："您可知东晋以来，经历了多少场战乱？《兰亭集序》的真品现在在哪儿谁都不知道……"

唐太宗："玄奘御弟，西天取经带朕一个，这个无聊皇帝不做也罢。"

房玄龄："好吧，臣知道。"

《兰亭集序》的历史，要追溯到晋穆帝永和九年三月三日，那场大家都耳熟能详的名门士族文艺沙龙。到场人员有政治领袖谢安、玄言诗宗师孙绰、佛学大师支遁等各界名流共四十二人，其中包括王羲之和他的几个儿子。

这是一场无论如何也不能跌份儿的文化盛会，但王羲之却不慎喝多了。

东晋民风开放，别人喝多了有哭的、有闹的，还有弹琴裸奔的，但这位不愧是书法大家，于金鼓雅乐中拿起鼠须笔，在蚕茧纸上一挥而就，写成了号称"天下第一行书"的《兰亭集序》。全序共二十八行，三百二十四字，其中难免有重复的字，但写法却各具风采。其中"之"字最多，共有二十来个，竟也变化万端，没有一个是雷同的。

在场众人都拊掌称赞，可谁承想王羲之酒醒后捧着此序，第一句话竟是："啊嘞，这是我写的吗？"

醉酒使人失忆。

王羲之不信邪，又写了十多个版本，但最后呈现出的效果，都远远不及最初的那卷。消息不胫而走，《兰亭集序》成了话题性孤本，据说连本人都无法复制，请求买来收藏的仰慕者从金陵排到京口。但琅琊王氏从来不缺钱，羲之本人对这卷作品又相当喜欢，生前千叮万嘱，此帖不传外人，只传子孙。

那么问题来了，他的子孙现在何方？

房玄龄打开整个大唐的数据网，最终将目标定位在一座小小的寺庙中。寺庙坐落在山阴县西南三十一里，兰渚山下，距今已经有些年头了，梁武帝年间，获号永欣。

对了，这位梁武帝也有自己的爱好，他笃信佛教，一心出家。第一次出家，没出成，一气之下改了年号；第二次出家，群臣捐钱一亿，向"三宝"祷告，请求赎回"皇帝菩萨"，他才不情不愿地回去继续当君王；第三次出家，群臣出资两亿，赎回；第四次出家，在同泰寺住了三十七天，又被群臣重金赎回。

群臣心累得很，寺庙则赚大发了，家家户户争相剃头当和尚。不仅如此，他还大肆兴建佛寺，要求万民和自己一样戒荤戒色。人生 80% 的爱好被剥夺了，天下人当然不干，于是侯景之乱爆发，一国之君被活活饿死在囚宫中。

咱们言归正传，永欣寺由智永、惠欣两位禅师建立，这二僧原本是亲兄弟，都姓王，正是王羲之的七代孙。智永禅师也是位精勤的书法家，平日的爱好就是在寺庙的阁楼上临临帖，据说他将用坏的笔头都丢在一只大竹篓中，不知不觉竟积了一石有余。

禅师无后嗣，百岁临终前，将珍藏的《兰亭集序》传给弟子辩才。辩才心里感动，哭得稀里哗啦的，心说师父托付给我的遗物，我可得好好保存，便在寝房横梁上凿了个暗槛，将《兰亭集序》藏在其中。

当然，你我开的是玉帝视角，在当时，这个秘密只有辩才一个人知道。

2.还没有朕得不到的东西

这可难坏了唐太宗。

他一直走的是贤明君王路线，派遣下一队羽林军将永欣寺团团围住，问辩才"秃驴要帖还是要命"，着实不可行。这还不排除辩才当真"舍生取帖"的可能性，他们出家人什么都干得出来。

来硬的不行，就走怀柔政策。

太宗亲自下敕，邀请辩才入道场接受供养，每隔三天就亲自去拜会，问问"禅师冷不冷""需不需要一件新袈裟""素斋可还合胃口""大慈恩寺风景还不错,禅师可有兴趣同朕前去游览一番"。这样折腾了好长时间，他终于憋不住了，咬牙切齿地露出了一抹和善的笑容："朕想和禅师打听个事儿，不知道方不方便？"

辩才八风不动："陛下请讲。"

太宗："听说禅师爱好书法，真巧，朕也喜欢！文化这种事，就是要互相交流嘛，弘文馆中那些书帖，禅师随便挑，看中哪幅就拿回去赏玩，不用跟朕客气。"

辩才："多谢陛下，不必。"

太宗本想着走"礼尚往来"路线，辩才一旦借了自己的帖，便不好意思将《兰亭集序》藏着掖着，想不到这位清心寡欲，拒绝得这么干脆，他只好转变战略。

"那想必是禅师的藏帖足够多了，不知都有哪些，和朕讲讲，朕也开开眼。"

辩才瞥了他一眼，毫无感情地报了十多个书帖的名头，唯独不提先师传下的那卷，听得太宗心里猫挠一般，忍不住探身问道："听说《兰亭集序》也在其中，是也不是？"

话音刚落，辩才脸色瞬间就变了，冷冷望着他道："不知陛下是从哪儿听说的？《兰亭集序》一帖，往日我侍奉先师的时候，确实有看到过，不过先师圆寂后，几经离乱，书帖早已不知所踪。"

那态度，摆明我就是欺君了，你能拿我咋地。

唐太宗："把他拉出去给我砍了！"这种话当然是说不出口的，于是只好将辩才放归赵中，又派去大内密探，潜藏在他身边密切观察，一旦有什么发现，及时回报。

辩才明知皇帝的心思，自然不会给他们觉察的机会，每日吃斋礼佛，对着暗处的大内密探们念念经，企图净化诸位浑浊的心灵。这边唐太宗在宫里，满手的人力财力军力，统统用不上，人生遭到了从未有过的挫败，越发不甘心，没隔几个月，便又派人将辩才召入内宫，询问《兰亭集序》的下落。

当时的交通可不比现在，辩才一把老骨头，承受着身体和心理的双重压力，这样反复几次后，终于爆发了，将寺门一摔："老僧闭关了！就算皇帝亲自上门，我也不见！"

太宗哪受过这样的冷遇？一边恨恨地嘀咕着"和尚，你引起了朕的兴趣"，一边又召来了智囊房玄龄，委屈道："玄龄，朕最近失眠得厉害。"

房玄龄眼皮直跳："陛下您说，虽然臣也不一定帮得上忙。"

太宗："王羲之的那卷《兰亭集序》吧……"

房玄龄："您还在纠结这事啊！这都过去多久了？"

太宗："朕要是拿到手，就不纠结了！问题是那个秃……辩才禅师死守着不放，你说他这么大年纪了，还能带到坟里去？反正也要传人，怎么就不能传给朕？朕难道不够优秀，不配做《兰亭集序》的继承人吗？"

房玄龄："陛下您先不要闹，臣这边倒是有个合适的人选，您派他前去交涉，必能一举成功。"

他推荐的人名叫萧翼，在朝任监察御史，出身大族，是梁元帝的曾孙。此人多才多艺，智谋无双，尤其适合这桩差事。

太宗眼睛都亮了，赶忙宣萧翼入宫，翻出玉玺道："爱卿啊，你此番去需要什么通关文件，朕都一并给你开齐全，今日就任命你为御史大臣……"

萧翼："打住！陛下您真不清楚吗？这事明摆着您没理。公事公办肯定是行不通了，为今之计，臣须得隐藏身份，私下去拜访辩才，采用迂回战术，才能将《兰亭集序》赚入囊中。

"不过，臣还真有要陛下帮忙的地方。"

唐太宗："爱卿你尽管说。"

萧翼笑道："臣此行，需求几卷二王杂帖，随身携带，到时必有妙用。"

3.腹黑御史侃和尚

这天日暮时分，辩才如以往一样，扫完落叶，坐在院阶上乘凉。

一轮红日眼看着就要跌入沉沉暮霭，倾泻出万顷霞光，他眯了眯眼，远远地看见有人自长廊外踱步而来。他起初以为又是朝廷派来的说客，但这人一身黄衫，形容落拓，更像山东书生，脚步不急不缓，仿佛是在用心观赏寺院的壁画。

他放下满心的戒备，站起身来，合手一礼问道："檀越从哪里来？"

那人站在门外一愣，继而上前恭恭敬敬地礼拜道："弟子是北人，带了少许蚕种来卖，露宿此地，便顺路来寺中游览，幸遇禅师。"

辩才这些日子被宫里人搞得心神不定，看谁都烦，但这年轻商人看着清朗爽快，又知书懂礼，倒很顺眼。两人聊着聊着天色便暗下来，作为东道，他自然而然地将客人请入禅房。二人秉烛夜谈，从围棋、抚琴这些高雅艺术，到投壶、握矟这些游戏项目，统统进行了个遍，谈说文史，志趣相投，仿佛相交许久的好朋友。

夜已深，二人都没了气力，趺坐在蒲团上。辩才红光满面，自觉年轻了几十岁，感叹道："白头如新，倾盖若旧。今日光景，不知何日能再重来。不如檀越留宿于此，老僧略备药酒，你我酣饮酬答，直至天明。"

江东三面缸，即河北的瓮头，专供盛放初熟酒用。僧人不能饮酒，但能喝药酒，药酒也有度数，辩才又没什么量，几杯下肚，整个人就醉醺醺了，寻得一韵，吟诗道：

"初酝一缸开，新知万里来。披云同落寞，步月共徘徊。夜久孤琴思，风长旅雁哀。非君有秘术，谁照不燃灰。"

年轻商人和道：

"邂逅款良宵，殷勤荷胜招。弥天俄若旧，初地岂成遥。酒蚁倾还泛，心猿躁自调。谁怜失群翼，长若叶空飘。"

两人水平相当，彼此咏诵，满心只觉相知恨晚。通宵欢愉过后，辩才依依不舍地在寺门外招手："檀越有空常来啊！"

年轻商人满口答应，回身时嘴角勾起迷之微笑。没错，他便是唐太宗派来的文化间谍——萧翼。

萧翼得了许可，也不着急，时常载酒而来，与辩才不醉无归，却丝毫不提《兰亭集序》的事。几个月后的某天，酒酣耳热之际，萧翼得意扬扬地取出梁元帝所画的《职贡图》，给辩才鉴赏。

辩才对书对画热爱成痴，当即赞叹不已。萧翼一看机会来了，便开始与他论及翰墨，显摆道："小意思啦，这都不算什么。我家光传世的二王书帖就好几箱，弟子从小玩到大。禅师您还别不信，这回出来做生意，我也随身带了几帖。啧，写得真是极好极好，爱书道的能看上一眼，便是此生无憾了。"

辩才已到了土埋半截的岁数，当然不想有憾，萧翼又和有所求的唐太宗不同，只是位萍水相逢的远客，于是他欣然道："那你明天带过来，我们好好看看！"

这就算上套了。

第二日，依旧喝酒、赏帖。

甭管是和尚还是商人，在酒桌上最热衷的，永远是摆着摆儿地吹牛皮，你方吹罢我登场，就是要压上对方一头。如今看着萧翼手持几卷二王杂帖大吹特吹，辩才头脑一热，心中那杆秤也跟着晃晃悠悠，不平衡起来。

不能说……

"二王真迹，禅师没见过吧？嘿，没见过也不能怪你！"

憋住……

"禅师眼界有限，可能不清楚，我家这几卷，在二王存世的作品里，那可是数一数二的。普天之下，谁能找出更好的，我当场跪下叫爸爸！"

憋不住了！

辩才拿起一卷书帖，高深莫测地摇了摇头，道："檀越你这些倒确是二王的真迹，但是吧……啧，也说不上是尽善尽美。"

萧翼神色大变："禅师点评可以，要拿出证据来。"

辩才扬扬道："证据自然是有。贫僧有一真迹，颇是不同寻常。"

萧翼心里的小人儿已经笑得打滚了，面上却震惊道："什么宝帖？竟比我的还要好吗？"

辩才深吸一口气，吐出那几个字："《兰亭集序》。"

4.贫僧怎么就管不住这张嘴！

萧翼："……"

辩才："……"

本该热烈的气氛一时跌入冰点，辩才差点就脱口问道，作为书法爱好者，听到这个名字，难道你没有上蹿下跳的冲动吗？

想不到萧翼却低头笑了，拍拍他的肩膀，平和道："拿不出证据就算了，咱俩什么关系，我还能笑你不成？哈哈哈哈谁不知道，《兰亭集序》几经战乱流离，真迹岂能在世？必定是高仿，他人伪作罢了。"

人就是这么别扭。

譬如女人新买了一套昂贵的首饰，往往不愿意自己开吹，非要等着闺蜜尖叫过后，才用不经意的语气回应道："你说这个啊？是奢侈品牌吗？随便戴戴，我都没在意。"

相反，如果闺蜜讥笑道："你买得起这个牌子？假货吧？"

女人便会掀桌而起，从衣兜里掏出收据发票，用三寸不烂之舌，和闺蜜论个短长。

辩才就面临着这样的窘境，身为一方高僧，他也同样没有忍住，回到房中上梁取出《兰亭集序》真迹，冲到萧翼面前呛声道："先师在时，对家传宝帖爱惜不已，临终亲手交付给我，怎么会有差？"

萧翼戳着下巴："哦？那你展开看看。"

辩才小心翼翼地将书帖展开。

萧翼眉头皱起，凝神盯了许久，摇头道："我还是觉得不是真的，你看这个地方，还有那里……应该是高仿无误。"

"小子没见识！这……怎么能是高仿？"辩才一气之下，血压差点飙高。

两人争论良久，都无法说服对方。

辩才自此心中就有了个结，时常将《兰亭集序》拿出来细看，八十多岁的高龄，每日在窗下临学数遍，时间久了，便随手将它与二王诸帖一起放置在几案之间。

萧翼等的便是这个机会。

要说御史不愧是御史，心理素质真是好。眼看着《兰亭集序》摆在那里，面上却依旧不动声色，来来去去，没表现出半分兴趣，仿佛真当它是假货一般。日子久了，连小沙弥们也都不猜疑了。

某日，辩才亲赴邑汜桥南严迁家去化斋讲经，萧翼听说了，连忙偷偷来到房前，对小沙弥道："我把帛子遗落在禅房中了。"

小沙弥正抱着扫帚打盹儿，一看这不是禅师的老朋友吗？想都没想就给他开了门。

萧翼把一堆二王杂帖拢好，抱在怀里，将《兰亭集序》混夹其中出了门，刚拐出寺院，便飞身上了快马，直奔永安驿，只觉一颗心都要从腔子中跳出来。

"我是御史，奉敕来此！今有墨敕，快报与你们都督知道！"

都督齐善闻报，驱驰前来拜谒。萧翼宣读敕旨，将来龙去脉一一说明。

使者到来时，辩才仍在严迁家未回寺，所以不明白官府为什么急着召他，又听是要去见御史，更加疑惑，同时提前下定决心，不透露半点《兰亭集序》的下落。

想不到转入房中，却见萧翼负手站在那里，回身冷冷道："本官奉敕遣来取《兰亭集序》帖，书帖现已得到，所以叫大师来告别！"

视若性命的《兰亭集序》竟以这种方式落到了别人手中，要怪就怪自己，禅心不定，一味攀争，悔之何及！

出家人不打诳语，何况是欺君？皇帝还能放过他吗？

作为一方高僧，今后他的颜面又该往哪儿搁？

重重急火烧上心头，辩才仰头厥倒，良久方才苏醒。

不过谢天谢地，唐太宗决意将贤明君王人设维持到底，虽然也气他屡屡欺瞒，但自己到底是夺人所爱，于是不予计较，还赏赐他珍宝财帛无数。辩才哪敢私用，将赏赐拿来建造了三层宝塔，宏伟壮丽，至今犹存。一方老僧，耄耋之年，又受此惊悸，没多久便圆寂了。

贞观二十三年，一生励精图治的唐太宗躺在玉华宫含风殿，奄奄一息，诸皇子和妃嫔们围在御床前轻声啜泣，但也无力回天。临终之际，太宗拉住太子的手，眼中流露出一点光彩："朕想同你索求一物，你若果真纯孝，就不能违背朕的心愿，你意下如何？"

未来的唐高宗：爸爸您都这么说了，我还能怎么办？

唐太宗："朕想把《兰亭集序》带走。"

房玄龄在地下："……"

那个时代，中华文化与政治、经济一同达到了前所未有的水平，书法艺术也得到了长足发展，不仅出现了颜真卿、柳公权这样的楷书大家，更有张旭、怀素此类的草书狂客。这与唐太宗的大力倡导离不开，他用生命向后世诠释了什么叫"死了都要爱"。

> ## 《东城父老传》
> ## 5.对扁毛的爱，也是会遗传哒

唐太宗说完，我们来讲讲盛唐的缔造者唐玄宗。

这位的爱好就广泛多了，作为全唐最有文艺气息的皇帝，他爱宴会、爱美人、爱乐器歌舞，但99%的人都不知道，唐玄宗还有个相当接地气的爱好——斗鸡。

这事着实是有渊源的。

时间线再次倒回贞观年间，在太宗皇帝沉迷《兰亭集序》无法自拔前，他还搞过其他娱乐活动，但在魏徵的反对下，最后都不了了之。

作为整个中国历史上最不懂看气氛的大臣，魏大人一张铁面拉得老长，怼天怼地，怼得名留青史，一身正气。不管是下朝后，还是宫宴前，又或是御书房内、藏书阁中，总有两道如炬目光锁定唐太宗的后脑勺，任太宗如何酷炫狂拽，在这位面前，都像一个等老师检查作业的小学生。

太宗皇帝准备好车马仪仗，兴致勃勃要去南山春游，魏老师一个眼神过去，他就只好撇撇嘴半路折返。

太宗皇帝到了叛逆期，在朝堂上和魏老师指着鼻尖对吵，转头就被自家皇后催着去和魏老师道歉认错。

太宗皇帝不挣扎了，只敢偷偷发展点个人兴趣，托宫人搞了只漂亮威风的小鹞鹰，擎在臂上过过干瘾。想不到正碰上魏老师迎面走来，吓得他当即一厾，将小鹞鹰塞进袖中。

不知是不是魏徵眼利，早洞察了真相，话匣子一开就不停，竟时间长到活活将小鹞鹰闷死了，太宗皇帝心疼得挠墙，却又不好发作，事情也就这么过去了。

想不到几十年后的清明节，他的曾孙，当时还是皇子的唐玄宗微服走某条宫外小路上，本想体察体察民情，一不留神竟和路当中的扁毛禽类看了个对眼。

历史就这样重演了。

只见它目光有神、金毫铁钜、高冠昂尾、羽毛油亮，举爪扇翅间彰显王者风采，神情傲慢地对着他高声三啼。

糟了，是心动的感觉！

隔代基因被激活，唐玄宗当即认定，这就是朕要的宠物。这位的爱从来专一而强硬，不管是对鸡还是对人。好不容易奋斗到即位，他转头就在两宫之间修起了规模宏大的鸡坊，长安街上的房多少钱一平请自行想象，总之从这一刻起，鸡已不再是鸡，它们住大明宫、饮御泉水，不是凤凰，胜似凤凰。

虽说每到六七月份，整个宫城的气味都不太理想，但架不住陛下喜欢。作为"开元盛世"的缔造者，唐玄宗的个人影响力是巨大的，在长安老百姓心里，斗鸡不仅仅是皇命倡导的娱乐活动，更是全民偶像引领的时尚潮流，家中没有一只能出战的雄鸡，简直不足以谈人生。

东西市的专柜里，各色等待出售的高价鸡明码标价，价码多到瞪眼都数不过来，想买还得排长队摇号，但却一点儿也挡不住诸王世家、外戚贵主们的热情，里里外外被挤得水泄不通。朝廷贴出告示，提倡"一人一鸡"，可群众都被"鸡"饿营销炒红了眼，一有新鸡出笼，便抢着买买买，因此倾家荡产的比比皆是。

贫民街巷里，则充斥着各种"短期租鸡"的小广告，租不起没关系，商人们还开通了"高仿假鸡"的产品线，只需一个月的工钱，一只木质挑染假鸡带回家。

当然，最优质的鸡都会被选入皇家鸡坊中，由专人精心饲养，等待见驾。它们享受着五星级服务，早晚例行按摩推拿，食谱采用御膳房标准，保证每只鸡都体魄健美、肉质紧实。那一年，入伍人数激增，因为只有入伍参军，才有资格进养鸡坊工作，养鸡坊欸！哪个小男孩不向往？

时势造国家级优秀饲养员，在这种势不可当的弄鸡风潮下，一位"鸡坛圣手"诞生了。

6.人靠什么火起来，这还真不好说

中宫幕士贾忠有一块心病。

他身高九尺，长得又帅，力大能倒曳公牛，称得上是契合盛唐特色的优秀青年人才。但基因到下一代那里，竟流畅地拐了个直角弯，他儿子贾昌刚会跑，是良是莠却已然能看出端倪：诗词文赋统统不沾，翻墙上梁却一学就会；话还呀呀说不全，鸟叫却已学得能以假乱真；平日里一个没看住，准是钻到人群里看斗鸡了……这般不成材的小子，偏还生得伶牙俐齿，叫他打不得骂不得。

什么出人头地，贾忠也不指望了，只希望小崽子长大别捅出大娄子，叫他没脸去见祖宗。

贾昌当然不了解老爹的心理活动，七岁的他正一手拿着仿制木鸡，蹲在云龙门道旁，口中模拟着"喔喔"的啼叫，玩得带劲。他不知道，唐玄宗的龙辇已在路边停了整整一炷香。

多么绘声绘色的口技！多么创造性的假鸡玩法！今上被震撼了。

传世的宝剑需要匹配一流的侠客，他养着几千的"战斗鸡"，怎能不招募一位天才饲养员？唐玄宗唤来身边的宦官，说出了自己的想法，宦官回道："陛下英明，但我们这是太平盛世，您也不好直接从路边抓个小孩当童工，人家父母不依的呀。"

玄宗觉得有理，思量片刻道："那就走正规招聘程序，给他封个官。你去告诉他，只要入我皇室鸡舍，就能享受右龙武军福利补贴，奖金另算。"

右龙武军是个什么官小贾昌也不知道，但他确切从宦官口中听见了"鸡舍"两个字，登时就亢奋了，没想到有生之年自己竟能近距离触碰真鸡。被大宦官手拉着手，走在皇家的浩大仪仗中，高轩丽服固然奢华，但他却全然看不进眼里，此时贾昌的心中只有一个字。

"鸡。"

一进鸡坊大门，他差点哭出声，这是什么扁毛仙境，这些名贵战斗鸡都是真实存在的吗？从今天起，自己真的想要哪只就要哪只吗？旁边的大太监却笑了，想不到小小童子，居然有这样的天赋，群鸡都像能听懂他的话一样，唯命是从。他走到两只鸡的面前，二鸡就露出驯服的姿态，仿佛十分畏惧他似的。

没过多久，贾昌便与所有的鸡都熟络了。哪只强壮，哪只瘦弱，哪只勇敢，哪只胆怯，该什么时候供水喂谷，疫病该如何防治，他都了然于胸。鸡坊同事们当他是弄鸡界的天才儿童，只有他自己知道，所谓天才，不过是对工作的全身心热爱罢了。

领导将他的事迹上报给了玄宗，玄宗十分欣赏他的才能和觉悟，当即将他封为鸡坊五百饲养员的长官，并与他在大殿亲切交流了养鸡经验。

这事被在场文官记录下来，刊印成头版国事新闻，雪片般分发向整座长安城。当时贾忠正靠在中宫大门口，一边嗑瓜子，一边跟同僚吹牛皮，忽听谁叫道："欸，陛下召见的不就是你儿子吗？"

他瘪瘪嘴，示意对方开自己玩笑也要有个限度，低头一翻手里的周刊，登时就傻了眼。

怪不得时下都说什么提倡多样化就业呢，原来耍个鸡能耍出这种名堂？自己勤勤恳恳为朝廷卖命这么多年，竟不如那小子养鸡几天的功劳大？他欣喜若狂的同时，又有些想不通了。

贾忠不知道，他儿子飞黄腾达的人生，这才刚刚开始。

7.读什么书，都出来斗鸡啊！

唐代没有电子竞技，只有斗鸡游戏。

但道理都是相通的，氪金玩家都爱围观助阵，都爱换新鸡，最重要的是爱为自己喜欢的选手和斗鸡对赌花钱。作为重度发烧友，唐玄宗也不能免俗，虽然他自己就拥有一整个战队，想什么时候看直播，就能什么时候开一局。

但崇拜业内大佬的心情是一样的。

别看贾昌还是个少年，但养起鸡来却是无人能及，加上小孩子口齿伶俐、能说会道，将玄宗哄得是服服帖帖，整整六年过去，圣眷只增不减。为了笼络小偶像，唐玄宗什么都往海了投入，反正贵为九五之尊，他也什么都不缺。

想要队服？做！找尚衣局最好的裁缝做！

缺钱花？赏！成箱的金银玉器，昂贵的绫罗绸缎，每天派专人送到家里去！

家里堆不下了？不要紧，长安城的宅子看中哪一套，直接买下，账记在国库名下！

泰山封禅？那必须得带贾昌去啊！一天不看斗鸡朕浑身难受。

有事儿尽管开口，千万不用和朕客气！

什么？爸爸死在泰山脚下了，要回老家雍州礼葬？小事情。把县令给朕叫出来！葬器和丧车都交给你来准备了，厚葬，切记厚葬，千万不要给朕省钱，对了，棺材要乘驿车走洛阳大道。

县令诺诺应下，玄宗心满意足，带着小贾昌欢天喜地地去华清池泡澡了。

他哪里知道，时人已将贾昌的经历编成了流行歌曲，处处传唱，其洗脑程度不亚于年末的《恭喜发财》：

生儿不用识文字，斗鸡走马胜读书。
贾家小儿年十三，富贵荣华代不如。
能令金钜期胜负，白罗绣衫随软舆。
父死长安千里外，差夫持道挽丧车。

还读什么书？都出来斗鸡啊！

这么多年来，唐玄宗最喜欢的一场斗鸡，还要数在骊山那次。八月五日是他的生日，制为千秋节，那自然要与民同乐，玄宗带着宫人们从宫里一路嗨到洛阳，沿路赐给百姓牛肉美酒，是要多开心有多开心。这么热闹的场面，怎么少得了陛下最爱的斗鸡呢？

作为压轴活动，玄宗要求六宫都要盛装参加，以杨贵妃为首的妃嫔们打扮得花枝招展，在骊山争奇斗艳，但这次的主角却不是她们。贾昌头戴雕翠金华冠，身穿锦袖绣襦袴，每行一步，便有羽林军在旁执锋开路。他顾眄睥睨，指挥风生，不知道的还以为是神仙童子落入凡间。

奇的是，数百斗鸡立于广场，竟都如训练有素的士兵一般听命于他。一只只竖毛振翼，砺吻磨距，抑制着争斗的怒意，等待贾昌发号施令，它们进退有序，随着他手中的金鞭所指而动，没有一个动作脱离控制。

玄宗和皇室贵胄都在四周看台抻着脖子望，啧啧赞叹，这哪是斗鸡？这是魔法！

斗鸡胜负已决，一片喧嚣声中，有人庆贺，有人沮丧，但精彩还没有结束。只见群鸡自发地按顺序列队，强者前，弱者后，跟随着贾昌如大雁一般整齐地向鸡坊走去。

唐玄宗再按捺不住心头的亢奋，从看台上站起来指着贾昌和鸡群，高声道："他好棒是不是？你们也爱上斗鸡了对不对？没有人可以不喜欢斗鸡！"

摔跤的、耍剑的、爬竿的、踢球的、走绳索的艺人们："敢情我们是多余的呗？"

唐玄宗：连个自己体会的眼神都不给你们。

摔跤的、耍剑的、爬竿的、踢球的、走绳索的艺人们："好的陛下，我们就是多余了，现在就有多远撤多远。"

不知不觉，小贾昌也成长为一名帅气的青年，身为梨园祖师爷的唐玄宗亲自牵红线，为他和宫中著名曲艺演员潘大同的女儿主持了婚礼。当时男俊女美，佩玉绣襦，光彩烨烨，玄宗玉环在旁证婚，画面那叫一个唯美，只有户部官员在狠掐手心，知道纷纷落的不是那梨花，都是府库的白银啊。

成功的人生往往分三步：一夜暴富，走上事业巅峰，迎娶白富美。

凭借着唐玄宗的恩宠，贾昌年纪轻轻就全都做到了。

他的妻子潘氏也不是寻常人，歌舞一绝，看得杨贵妃都频频鼓掌。夫妻俩这下可不得了，在宫里堪称无敌了。照一般剧情，接下来就要恃宠而骄，走向黑化，但人家感恩戴德，一门心思搞专业，从不出宫祸害老百姓，生了两个儿子也取了至信、至德这样的名字，难怪一红四十多年。

本来凭着这样的职业操守，二人还能继续辉煌下去，但接下来的历史你我都清楚。安史之乱爆发，"渔阳鼙鼓动地来，惊破霓裳羽衣曲"，这样的场景已经不知道在不同的传奇里，演过多少遍了。

8. 那个和尚，曾是斗鸡界的王者

唐玄宗晚年，身边没有魏徵那样的诤臣，反而簇拥着李林甫杨国忠之流，越玩越大，越来越无法无天，发展到后来，竟令人身穿朝服斗鸡。

终于有一天，他玩脱了。

十四载，胡羯陷洛，潼关不守。

唐玄宗带着杨贵妃仓皇直奔马嵬坡方向而去，这条线按下不表，只说圣驾能载的人员有限，妃嫔大臣们都在夜色中各自奔逃，贾昌也急急从便门出宫，不料脚下一空，人就看不见了。

呜呼哀哉，这个下水井怎么没有盖呀！

贾昌跛着脚爬出来，追圣驾是追不上了，但也不能留在长安城任宰，只好进山吧。从道旁捡了根粗树枝，他一瘸一拐地走入密林深处，开始了隐居生活，每每到旧例进贡斗鸡的时候，便会回忆起旧日那些好时光，向东南方向号啕大哭。

隐居也隐居得不安稳。

或许是昔年入朝时，受唐玄宗的影响，也爱上了斗鸡；又或是一朝得势，唐玄宗有的东西，他觉得自己也必须拥有。大反派安禄山向贾昌伸出了魔爪，出千金在长安、洛阳悬赏皇家首席斗鸡官贾昌。

贾昌："你干什么？你别过来！我是不会屈服的！"

养鸡的也有养鸡的骨气，他果真没有屈服，改名换姓，剃光头发，找了个偏僻小庙，当了和尚。每日锄地击钟，念佛吃斋，向佛祖祈愿昔日的恩主平安归来。

待到圣驾真的归来时，唐玄宗却已成了太上皇，他方失所爱，憔悴不堪，又遭亲生儿子肃宗所忌，孤零零地被安置在冷清的宫殿中。但贾昌还是欢欣雀跃，一把年纪了，仍蹒跚着赶回长安，想与玄宗见上一面。

但一切早已今非昔比了。

炬赫一时的斗鸡官布衣憔悴，不为禁官所识，被粗暴地推搡在路旁，不许他进入那熟悉的地方。贾昌长长地叹了口气，可他还能去哪里呢？他的家早已被叛军掳掠一空，无片瓦留存。

次日，他走出长安南门，想要离去，行至招国里，见一穿残破絮衣的老妇，跟在两个背负薪柴的少年身后，三人皆是面如菜色、骨瘦如柴，停在路当中愣愣地看着他。

正是与他在战乱中失散的妻子潘氏和两个儿子。

贾昌再也抑制不住悲伤，抱住他们失声痛哭，只是他早已遁入空门，这些年来时时向佛祖发愿，又如何能轻易还俗？与家人诀别后，他进入长安佛寺中，向大师学习更加高深的佛旨，大历元年，他跟随资圣寺的大德高僧运平搬到东市海池居住，建造了刻有陀罗尼经文的石幢。

此时的他，已不再是那个风光无限的斗鸡官，但却找到了心灵的皈依处。他开始跟随高僧学习文化知识，从书写姓名开始，渐渐地能读释氏经，亦能了其深义至道，用自己的一颗善心去感化市井百姓。他用自己的双手建起僧房佛舍，在周遭遍植花草树木，白天挑土固根、汲水灌竹，到了夜里，就在禅寺中打坐。

建中三年，高僧运平圆寂。

贾昌为他服丧后，便在长安东门外镇国寺中立起舍利塔，亲手栽种松柏百株，又在塔下修建了一座小茅屋，朝夕焚香洒扫，如同先师还活着那样恭敬侍奉。

这种人往往做一行，精一行，当和尚也当到了皇帝接见的高度。唐顺宗景仰他的修为，特地差人为他立大师影堂和斋舍，又在外层建起房屋，供游民居住，让贾昌能每月快乐收租。

但贾昌思想已修炼到一定境界了，视金钱如粪土，每天照旧只食用粥一杯、浆水一升，住草席，穿絮衣，将得来的钱财都拿来修缮佛寺。围观群众都以为这是个呆和尚，没见过世面，连享受都不会，贾昌也只是微微一笑，毫不辩解。

9. 雄鸡一啼，开元梦醒

后来的贾昌，六根清净，心无尘杂，只是有时候，他还会做关于往昔的梦。

他梦见黄门侍郎杜暹出朝担任碛西节度使，摄御史大夫，开始用大唐的法律和风俗去教化边塞外邦，威名远扬。

梦见哥舒翰镇守凉州、下石堡、戍青海城、出白龙、逾葱岭、界铁关、总管河左道，然不屑功名，被朝廷七次任命才摄理御史大夫。

梦见张说统领幽州，每岁入关之时，总是带领着望不到头的长辕大车，运送河间、蓟州进贡的绸缎布匹，车驾相连如龙，在关门口不断聚集。江淮绮縠、巴蜀锦绣都不过是供后宫赏玩的奇珍异宝。

那时的河州敦煌不是荒芜的戈壁，每年都在开荒屯田，产下的粮食不仅能养活边塞百姓，剩下的还能转输灵州，沿漕运下黄河，入太原仓，作为关中凶年的储备粮。

杜甫的诗是怎么写的来着？"忆昔开元全盛日，小邑犹藏万家室。稻米流脂粟米白，公私仓廪俱丰实。"

关中的粟米都贮藏在百姓家中，而非官衙。当时天子前往五岳祭天，跟随的官军千乘马骑，是不吃老百姓家粮食的。

那时候的生活，当真是宽裕悠闲。岁末时候，他行走在长安市井，时常看见有卖便服和棉布的；邻居之中有人想要禳灾除病，需要黑布一匹，高价也求购不到，最后就用做幞头的昂贵罗布代替。

哪像如今？他让人将他扶到路口，四顾找寻，穿便服白衣者竟不满百人。

难道天下人都去打仗了吗？

他想不清楚，只记得开元初，人才如鱼贯。三省侍郎有空缺，先选用担任过刺史的官员；郎官缺任时，先寻求担任过县令的官员。可到了他四十岁时，三省有理刑才名的大臣，却都被调往郡县充任，站在郡守们休息的官道上，处处都能听见惨然叹息的声音。

如今的世道，怎么全反过来了？

开元初年取士，最看重试子的品行才能，孝悌与否；如今的进士、宏词、拔萃又是些什么花哨玩意？选拔出的人，真的能治理好国家吗？

少年时的他，不过是为宫中斗鸡取乐的艺人，不学无术，却也记得玄宗皇帝北臣穹庐、东臣鸡林颡、南臣滇池、西臣昆夷，每隔三年，万国来朝的壮观景象。当时朝廷以礼待客，施以恩泽，为他们准备温暖的冬衣，拿酒食盛情款待，让他们处理好国事，满意离去，但不许留在京中杂居，这才是真正的大国风范。

而如今北胡与汉人杂居，娶妻生子，长安中的少年，也都生有外心了。

他想自己真是老了，老得只能活在回忆中，他看不惯唐人对藩臣卑躬屈膝，看不惯年轻人穿着胡人的靴服招摇过市，可这些话，都只能说与佛前听了。

改编自何延之《兰亭记》及陈鸿《东城父老传》

魔镜魔镜我爱你

（记者：王度　　翻译员：顾闪闪）

要论奇物，首先我们来讲一讲唐朝的镜子。

欸，先别急着合书！或许您心想，这镜子有什么可稀奇的？小姑娘随便从包里一摸就能掏出仨。中华奇珍千千万，什么珊瑚翡翠、龙角凤髓没有，哪里轮得到它排第一位？

这可就错了，且不说从造价上看，古代铜镜无疑是大件奢侈品；即便在文学史上，"镜"也让文人们念念不忘。汉代《西京杂记》中记载，秦始皇有一面五尺九寸的方镜，不仅有透视功能，还能洞察人心正邪。风月宝鉴虽然只在《红楼梦》的故事中打了个酱油，却是书中少有的"非凡之物"，还成了小说的代名词，"鉴"也就是镜的意思。

到了唐朝更是不得了，唐太宗李世民最经典的名言是什么？"夫以铜为镜，可以正衣冠；以史为镜，可以知兴替；以人为镜，可以明得失。"短短一段话就连着提了三次镜子，当朝领袖都发话了，还不快划出重点，今年的春闱不想过了?

在此流行趋势下，唐朝士人们争相诵咏镜子，什么"高堂明镜悲白发，朝如青丝暮成雪"[1]，什么"玉匣清光不复持，菱花散乱月轮亏"[2]，仿佛家里没有一面造价不菲的宝镜，在街上碰到名士贵胄都不敢抬头打招呼,相比之下"五花马""千金裘"都弱爆了。

可以说在我们的认知里，谁拥有一面绝世宝镜，谁就能制霸唐传奇。

《镜龙图记》
1.人工降雨，我们是专业的

放眼望去，牛气冲天的镜子比比皆是，就譬如唐天宝三年，扬州进献给玄宗的那面纵横九寸、青莹闪耀的盘龙水心镜。

这面镜子的来历异常玄幻，听起来自带特效。据说是由一老一少在密闭的镜庐中铸造出来的。老人姓龙名护，须发皓白，长眉垂肩，显然是位世外高人；少年仅十岁，一身黑衣，有个更加酷炫的名字叫作玄冥，两人神采奕奕，没人知道他们从何处而来。

奇怪的是，三日三夜后，未等盘龙镜铸好，二人便消失得无影无踪，只在镜炉前留下一张白纸，上面用小篆写着："镜龙长三尺四寸五分，法三才，象四气，禀五行也。""盘龙盘龙，隐于镜中。分野有象，变化无穷。兴云吐雾，行雨生风。上清仙子，来献圣聪。"对了，顺便还踩了下秦始皇的宝贝方镜。

镜匠们都蒙了，留言是小事，但这是旷工了没错吧! 还有没有点职业道德了? 但镜子还得继续铸下去，他们也不敢继续留在镜庐

---

① 高堂明镜悲白发，朝如青丝暮成雪：选自唐代诗人李白的《将进酒》。
② 玉匣清光不复持，菱花散乱月轮亏：选自唐代诗人李商隐的《破镜》。

上工了，听着怪吓人的，万一再搞出什么事故来事就大了。众人于是挑了个黄道吉日，将镜炉移到了扬子江上的大船中。

开工前一切都很正常，天清地谧，水波不兴。待到镜炉点燃开始铸造时，神奇的事情发生了。大船左右的江水忽然抬高三十多尺，犹如凭空长出的雪山。众人还未在甲板上站稳，便听数十里外龙吟骤起，如笙簧之声，长啸不绝。老人们说，自古铸镜从未有此等怪事发生。

唐玄宗对此高度重视，等到镜成，要求有关部门特别掌管此镜。

四年后，就在满朝文武几乎忘记这面盘龙镜的时候，旱魃出来刷存在感了。三月到六月，滴雨未落，玄宗亲自到龙堂祈雨但还是一点成效都没有。被血虐了一遭，唐玄宗也有点丧气了，叫来昊天观著名道士叶法善："朕敬事神灵，对百姓也算得上仁善，怎么这雨就是降不下来，可愁死朕了，头发一把一把掉啊。朕现在都开始怀疑世上真的有龙吗？龙住在哪儿呢？爱卿你亲眼见过龙吗？"

叶法善望着双眼失去神采的玄宗皇帝，只想摇着对方的肩膀提醒他不要忘记自己是真龙天子的设定，半晌，硬着头皮答道："真有龙，臣见过。"

唐玄宗："！"

叶法善道："陛下您别急，臣给您分析下为什么您召不来真龙？"他一边说一边想，可怎么编呢？这时候他猛地想到了当年那面盘龙镜，连忙道，"那当然是因为您祭祀的时候……龙画得不像！"

唐玄宗皱眉："？"

叶法善："臣听说呀，这画龙四肢骨节，只要有一处与真龙相似，就能有所感应。据此求雨，百试百灵。"

唐玄宗觉得甚是有理，即刻派中使孙师古带着叶法善到内库找寻真龙图样，果然"发现"了那面盘龙镜。叶法善喜气洋洋地举着镜子，与玄宗同到凝阴殿祈雨。顷刻之间，只见殿中出现了两道白气，直冲下来接近盘龙镜，同时，镜壁龙鼻中亦有白气呼出，交相缠绕，愈来愈浓。须臾，白气充满了整座宫殿，不久又充满整座长安城。但闻雷鸣阵阵，天降甘霖，大雨直下了七天才停止。这一年，秦中大丰收，玄宗特诏画圣吴道子为盘龙镜画图，将镜龙图赐给叶法善。

是不是很神奇？但你要将它推为镜中魁首，便有人要不服了。

"不就是面人工降雨镜吗？刮风下雨什么的，是我这面镜子最不值得一提的技能了。"

确实，盘龙镜比起接下来这面多功能宝镜，真的还差了点。

《古镜记》
2.在下的遗物你收好

多功能宝镜的持有人名叫王度。

在隋末唐初看到崔卢郑王这四个姓的主儿，想都不用想，必然是响当当的有钱人，还是家学渊博的那种。王度也不例外，出身于太原王氏名门，爸爸曾做过隋朝开皇国子博士，弟子众多，声望极高。

要是一般人生在这种家庭，出门都横着走，也不要念书了，一辈子当个目中无人的富二代，要多爽有多爽。但王度不是这样，他不仅刻苦好学，还待人谦逊有礼。汾阴之地有个姓侯的怪人，整天钻研些旁门左道的东西，众人都避之唯恐不及，只有王度认为他本领超群，是一位天下罕有的奇才，常以师礼事之。

或许是因为好人就会有好报，侯生将这一切都看在眼里，临终之时将王度叫到床前，拉着他的手道："我有件事要托付给你……"

王度："不用说了，后事都包在我身上。"

侯生："不是，你听我说……"

王度："二老也交给我来奉养。"

侯生："你搞错了……"

王度："难道你还有私生子？没关系，我来养，侯兄你安心去吧。"

侯生："你闭嘴！"

王度抹了抹眼泪，迷茫地望着侯生从枕头下艰难地摸出了一个用绸缎包好的沉重物件："来，我给你看个宝贝……"

他接过来，小心地打开，只见里面有一面直径八寸的铜镜，镜鼻作麒麟蹲伏之状，镜鼻四周龙凤龟虎四大神兽各踞一方。四兽外又设八卦，卦外置十二辰位，对应十二生肖。生肖之外，又刻有二十四个字，是什么字他瞧了半天也认不得，只觉着有横有点，不晓得是哪国语言。

"难道是二十四节气的象形字？"

王度嘀咕着，忽被侯生一巴掌打回现实，这时候研究什么字体，能不能等他先死了再说？侯生像着急赶场般，念完了最后一段台词："你拿着这面镜子，必能百邪不侵，我阳寿已尽，先走一步。"

说完便一口气上不来，与世长辞了。

作为前持有人，他的戏份不太多，基本只出现在功能简介和回忆录中，王度搜罗了下相关回忆，猛然醒悟，这不就是侯兄生前常提起的黄八镜吗？

宝镜：停停停！区区一面人工降雨镜，都能有"盘龙"这样威风的名字，怎么到我这儿命名就变得如此土气了？

您老别急，黄八镜不过是个简称，论起渊源来，您可比盘龙镜牛气多了！

黄八镜相传由华夏始祖之一黄帝亲手铸造，众所周知，黄帝他不是个手艺人，况且平时还要鼓捣鼓捣轩辕剑什么的，因此毕生只生产了十五面宝镜。第一面横径一尺五寸，是按照月象来铸造的，自第二面以下，各差一寸，排到它这里，正好第八面。

也不知道侯生是从哪儿寻来这样一件古董，虽没有八心八钻，却铸得精美繁复。王度将它拿到阳光下，镜后的图纹显露出来，纤毫毕现。用手轻轻敲击，但闻清音徐引，良久不绝，显然超越了凡间的制造水准。

王度捧着这样一个从天而降的宝贝，心里十分纠结。只因侯生走得太过仓促，只给了句简介，也没留本说明书什么的，这镜子除了自照臭美外，还有没有其他功能或者副作用，他完全不知道。

咬咬牙捐献给国家吧，又不敢。像汉代杨宝那样，靠着黄雀报恩衔来的玉环从此一路飞黄腾达，走上人生巅峰[1]，他倒也没指望；怕就怕像三国时的张华，剑失人亡，呜呼哀哉[2]！

想到这儿，他打了个寒战，将镜子的由来记在一张纸笺上，与宝镜一同收在锦匣中，随身携带，就怕哪天自己像侯生那样匆匆离世，后人把它当破铜烂铁贱卖了。

这时的王度还不知道，黄八镜在手，他这辈子是再也别想走寻常路了。

3.妖孽！还不现出原形

王度拿到黄八镜一个月后，便有妖精前来自首。

---

[1] 靠着黄雀报恩衔来的玉环从此一路飞黄腾达，走上人生巅峰：典出吴均《续齐谐记》，东汉杨宝在九岁时救了一只黄雀，黄雀伤愈后化作小童，对他说自己是西王母使者，并赠给他四枚白玉环，预言他的子孙像玉环一样洁白，并会位登三公，后果应验。
[2] 怕就怕像三国时的张华，剑失人亡，呜呼哀哉：三国时期，张华曾见豫章丰城紫气冲斗牛，便找术士雷焕商议，雷焕果然从城中挖出了龙泉太阿两把宝剑，他将其中一把交给张华，一把留给自己。后张华身死，宝剑也不知所踪。

他望着跪在面前，不停磕头磕到鲜血直流的俏丽姑娘，陷入了沉思。

"那个……你叫啥来着？"

"奴婢鹦鹉。"姑娘嘴上说着，动作却不停，额头溅出的鲜血都流到了他脚边。

王度挠挠头："那你是鹦鹉精？"

姑娘响亮回道："奴婢是狐狸精。"

"行了别磕头了！"王度蹲下看着姑娘的脸道，"瞅你这名起的……"

"奴婢知罪！"说罢又是一连串响头。

磕头者鹦鹉是寄住在长乐坡酒店主人家的女婢，王度御史卸任，回到长安，借宿于此。

这天早上因为要面圣，王度特地取出官服，整冠束带，拿出镜子检查仪容。刚一出手，鹦鹉在身后扑通就跪下了，吓了王度一大跳，生怕她下一句就哭着喊"爹"。

还好姑娘与他无亲无故，黄八镜也不是什么信物，只不过威力太大，鹦鹉道行浅薄，不得不跪。

王度便招来酒店主人程雄，程雄表示："别瞎说，我没有，不知道啊！"

原来他认识鹦鹉也刚两个月不到，当时有一人携鹦鹉从东而来，她病得步子都迈不动了，那人便撇下她道："等我回来再带她走。"想不到就再也没出现过，没人知道这姑娘什么来历。

听了程雄的话，王度思忖半晌，最后清了清嗓子，对鹦鹉道："要不然，你先变回原形吧。"

鹦鹉眼泪汪汪地摇头："奴婢做不到啊！"

王度拿出黄八镜，在她眼前晃了一晃，吓得鹦鹉又伏倒在地，不停发抖。感觉警示效果达到了，他便掩住镜面道："姑娘你既然都来自首了，也承认自己是狐狸精，就该配合下我们朝廷官员的工作。坦白从宽，抗拒从严，这样吧，你要是肯变形，我就饶你一命。"

鹦鹉对他拜了几拜："那我可以先说出我的故事吗？"

"成。"王度抬抬手，"给她来点音乐。"

二胡声响起，如泣如诉，鹦鹉额上流着血，眼中落着泪，哽咽道："奴婢本是华山府君庙前常青松下一只千年老狐，吸天地之灵气，采日月之精华，修炼成精，触犯了天条，自知难逃一死。那一日我被府君追捕，逃到河渭之间，化身为下邽陈思恭的义女，义父义母待我很好，让我第一次感觉到了做人的温暖。但好景不长，陈家将我嫁给同乡人柴华，我们夫妻不和，常常吵架，于是我离家出走来到韩城县，遭到路人李无傲的挟持。"

王度沉吟道："李无傲就是那个带你来长安的人？原来你们并非情人？"

"呸！"鹦鹉恨恨道，"那人就是个无礼莽夫，绑架我足足几年，后来见我要病死了，才将我抛弃在酒店中，实在是狼心狗肺。我本以为自此便能重获自由，谁料又遭逢天镜，无处遁形。罢了罢了，这也是我的命数。"

王度道："你本是老狐，化形为人，岂会不害人？"

鹦鹉答道："大人您想必也听说过，有一类妖怪是不害人的，比如白娘子，她只要爱情。而我，我连爱情都不要，就想尝尝做人的滋味。只可惜人妖殊途，必会受到严惩。"

王度听罢，长长地叹了口气，即便鹦鹉是妖，他又岂愿做那冷面无情的法海？遂收起黄八镜道："我现在放了你，可与不可？"

鹦鹉摇摇头，脸色愈发苍白，眼中却多出几分暖意："蒙大人厚恩，死不敢忘，但我刚刚已被天镜照过，灵力大损，不可逃脱。之所以不愿变为狐身，只因做人做久了，羞于恢复原身，愿大人将天镜收入匣中，满足我大醉而死的最后心愿。"

王度道："我收起镜子，你不逃吗？"

鹦鹉笑道："适才大人既已答应放我走了，即便收镜后我真的逃了，又有何妨呢？何况天镜一出，我藏也藏不得，不如趁此片刻时光，了却一生的欢愉！"

王度大为感动，这豁达的观念，这死不忘醉的执着，要是时光倒流，两人绝对能跨越人妖之间的障碍，做一对知己、酒友，可惜为时已晚。

他收镜入匣，命酒家为鹦鹉准备上好的陈酿，又让程雄将邻里乡亲都请来，大摆筵席，肆意欢乐。少顷鹦鹉大醉酩酊，奋衣起舞，高歌道："宝镜宝镜，哀哉予命！自我离形，而今几姓？生虽可乐，死必不伤。何为眷恋，守此一方！"

歌毕，对着王度再拜，化为老狐而死。满座无不惊叹。

4.黄八镜小档案

名称：黄八镜

别号：天镜、多功能宝镜

出生年代：上古

铸造者：黄帝

家族成员：其余十四面口径各差一寸的"套娃"宝镜

作息习性：崇拜太阳神羲和，所以心情因日照影响而变化。若遇到日食，太阳藏起来，镜面便昏暗一片，失去光彩；太阳出现，其光彩便会逐渐恢复；等到太阳挂在中天，它也就元气满满，恢复如初啦。

性格特点：好斗。曾在黑暗中发出灼烁光亮，照满室如白昼，吓得王度友人薛侠引以为傲的宝剑都不敢贸然发光。但遇到威力更强的月光，也得避让。

实力排名：日月之华，黄八镜，剑身饰龙凤、左纹如火右纹如水但并没什么用的发光剑

履历：据古稀老仆豹生透露，此镜曾为他的前主人苏绰所有，乃是其友人河南苗季子所赠。苏公临终前曾与苗季子占卜，预言此镜先入侯家，复归王氏，后果然——应验。

爱好：据一神秘胡僧透露，此镜口味刁钻，喜欢用金膏和朱粉完成底妆，上妆后信心满满，光彩照人；又喜爱玉水沐浴，金烟熏香，完成后即解锁透视功能，即便藏在淤泥里，也会放出冲天光芒。

5.蛇精！跪下叫爷爷

鹦鹉姑娘死后，王度心里也有点不是滋味，生怕哪天一不留神，再照死一个。因此平时除了拿出来显摆几下外，都将宝镜藏在匣中，不再日常使用了。

毕竟，低调是种美德。

但偏有那不长眼的妖精，总往他跟前晃悠。

这年秋天，王度出任芮城令，刚踏进县衙，手里就被塞了三根高香，回头一看，周围大大小小县吏跪了一地，参拜的方向正是一棵粗数丈的百年大枣树。

主簿还示意他也赶紧下跪。

王度不解，这是今上亲手种植的御树，还是前任县令被埋在树下了？怎么这般金贵，还得排着号来祭拜？主簿苦着张脸，看了看他，又指了指天道："大人您有所不知，此树乃是天神降世，威力无穷。每一任县令上任前都要虔诚祭拜，否则就会大祸临头啊！"

王度腰杆挺得笔直，将手一挥，胡扯！这种伎俩本官见多了，八成是人为，剩下两成也和天神沾不上边。

　　满地县吏听了他的话后，面面相觑，继而不约而同地将跪拜的方向转向了他，重重磕起头来，一边哭一边还絮絮哀求着："大人您就拜一拜吧！""您不怕灾难但我们怕啊，老百姓承受不住啊！"

　　王度被他们缠得没办法，只得撩起官袍跪下，将高香插在树前，又眼看着县吏们端上酒肉，完成了祭祀，抬头的瞬间，他仿佛听见树中传来了低低的阴笑声。

　　事后王度越想越不对劲，区区一棵树，靠阳光雨水存活的东西，即便是成了精，也该是吃素的妖精，没有祸害人这一说啊？难不成是什么别的精魅附身在大枣树中，无人能降，才成了今日的大患？身为新任县令，他非要同这东西斗上一斗不可。

　　思及此处，他从随身行李中取出了珍藏的黄八镜，趁着天色将暗，周遭无人，走到厅前，将它悬挂在大枣树的枝干间，掩好房门，便去洗洗睡了。

　　当夜二鼓时分，突有霹雳雷霆之声从天而降，恰落在厅前，王度猛然被震醒，鞋都没来得及穿便跳下床，趴在门缝上胆战心惊地向外看。只见外头风雨如晦，紫电青光闪耀，缠绕在大枣树的树干间，忽上忽下，仿佛在与什么进行着激烈的搏斗，又像将什么镇压在树干之中，死死锁紧。烧灼皮肉的腥臭味自厅前传来，白日里那低低的阴笑变为了凄厉的惨叫声，听得人汗毛倒立，整个县衙的人都醒了，但直到天色大亮，人们才敢出去看个究竟。

　　静悄悄的院落中，前日插好的香还歪歪斜斜地立在一旁，高高耸立的大枣树却早已被灼烤得焦黑。顶端树洞内，一条紫鳞赤尾、绿头白角的大蟒蛇现出真身来，额前的"王"字花纹黯淡无光，但不难想象它昔日兴风作浪的威风模样。

　　王度率先走上前去，发现蛇身上遍布伤痕，无疑已经死透了，这才从树上解下黄八镜，吩咐县吏一齐将大蛇抬出去，运到门外去焚烧。路过的百姓头回见到这么大的蛇，都围上来看热闹，一打听才知道，这厮原来就是祸害乡里的"枣树神"，纷纷拍手称快。

王度站在院中，却丝毫没有掉以轻心。他命人掘起树根，越挖到下面越宽阔。没过一会儿，一个巨大的蛇穴便呈现在众人的眼前，穴底隐隐有巨蛇栖居的痕迹。

新任县令抱紧了自己的小镜子，冷哼了一声，要我跪？今天全县都吃五香烤蛇肉！

6.镜精本精闪亮登场

当官不容易，王度在芮城刚和老百姓打成一片，便被一纸圣命调到陕东去开仓放粮，赈济灾民。

没办法，人才嘛，哪里都需要。

当时医疗条件不发达，饥荒往往带来疾病，蒲陕之间病疫传播，大街上满是面黄肌瘦的流浪人群，看得王度一阵阵揪心。回到衙门刚坐下，就见旁边站着一人，表情比自己还要沉重，正是属下小吏张龙驹。

叫过来一问，原来张龙驹家从上到下十几口人都感染了这种可怕的疫病。病情来得蹊跷，患上后人浑身滚烫、手足无力，他跑遍了当地所有药铺，即便拿出重金，郎中们也只是无奈地摆摆手表示治不了，回家想吃啥吃点啥吧。

说到这里，张龙驹涕泗横流，七尺高的汉子无助得让人心酸。王度心道，眼皮底下的人我都救不了，也别当什么赈灾御史了。正悲痛时，他忽然灵光一闪，忙令人取来他的镜匣，亲手交给张龙驹，道："你拿着这面宝镜，等到入夜时分，关紧门户，持之去照你家的患病之人，必能镜到病除，不灵你来找我。"

张龙驹小心翼翼地接过来，怀疑道："大人，咱们这是治病不是驱邪，您真的相信这面宝镜还能治病？"

王度笃定道："我不许你这样怀疑镜镜！镜镜什么都可以！"

黄八镜："……"

张龙驹奔回家中，天色一暗，便照着王度教的法子，从匣中取出宝镜。只见镜面莹亮，在黑暗中愈发光彩夺目，将之举过头顶，室内仿佛升起一轮小小的明月。合家沐浴在宝镜投下的清光下，只觉通体舒爽，如同浸泡在山泉之中，病人们顷刻间体内热意全消，冷彻腑脏，纷纷惊坐而起，忙问镜从何处来。

张龙驹看着手中的宝镜，讶异得嘴都合不上了，良久才啧啧感叹道："还真是无所不能。"

这天天还没亮，张家上下十几口便都已痊愈，活蹦乱跳了。张龙驹千恩万谢地将宝镜还给王度，并将昨夜的情形一一说明。王度虽觉在意料之中，但没想到宝镜效力这样强，一晚之间就能救回十几口人，打开锦匣细细检查，镜面光洁如初，没有一分损耗的样子，也并未沾染半点秽气。

王度是个有博爱精神的父母官，心想既然已经知道黄八镜有这般便利的新功能，我又何必吝惜？救人一命胜造七级浮屠，不如将它广泛使用，将越来越多的灾民从疫病中解救出来。

于是"照镜治病"的活动如火如荼地进行，染病百姓病歪歪地被担架抬进去，笑呵呵地靠双脚走出来，这事没多久便传遍了陕东的每个角落，越来越多的人慕名上门求医。

河北道民妇刘氏这样说："刚开始我也不相信，照镜子哪能治病呢？这不是唬人吗！但既然是御史大人发起的活动，又不收费，我就抱着试试看的态度去照了照。真是奇了，一炷香的工夫不到，我这腰也不酸了，腿也不疼了，浑身大病小病都没了，感觉瞬间年轻了十岁！"

这天夜里，王度和夫人正盖被睡觉，忽然，夫人睁开眼问他道："你听见什么声音了吗？"

王度："你听错了吧，我早把信鸽关好了。"

夫人："不是信鸽，你听，真有震动声。"

王度坐起身来，侧耳细辨，果然有泠然之声，循声去找，终于在镜匣中发现了源头。举起镜子，镜面照出自己的模样，他煞有介事地问道："你想干什么？深更半夜为啥要扰人清梦？"

夫人："？"

夫人："他这是对镜子说话，还是在对自己说话？哪个看起来都不太正常啊……"

镜子当然不会回答它，继续自顾自叫了一晚，吵得整个衙门的人都睡不着觉，第二天都上门来问，王大人干吗要深夜拉二胡。王度很无奈，正要解释，忽见张龙驹从人群中挤出来，道："大人，发生了一件怪事，我想和您单独谈谈。"

王度顶着两团黑眼圈，关起门来，长长地打了个呵欠道："又怎么了？你家的人不是都痊愈了吗？"

张龙驹神神秘秘道："我昨晚做了个梦。"

王度白他一眼："你睡得倒好！"

"哎，大人您听我说。"张龙驹接着说，"黄八镜的镜精给我托梦了！"

王度一下就坐直了，两眼放光道："他长什么样？帅不帅？和你都说什么了？"

张龙驹笑道："您别急，镜精的模样能不能算帅，这个属下也不知道，因为他不似人形，生得龙头蛇身，却头戴朱冠、身穿紫衣、乘着云雾，对属下说……"

黄八镜的镜精有个秀气的名字，叫作紫珍，不仅如此，他还是个腼腆的精灵，故而有话不好意思直说，特去托张龙驹给王度带个话。当然，这席话中藏着满满的吐槽之意。

"老王啊，你也是读书人，怎么就不明白因果报应的道理？这地方的百姓有罪，天帝降下疾病来，你怎么能让我反天道救之？夹在中间人家很难做的啦。不过你也不用担心，这疫病是有期限的，等到下个月即便不用我插手，他们也都会痊愈的，你就不要再难为本镜了！"

听了张龙驹转述的话，王度将自己关在房中陷入了沉思，也明白了黄八镜昨夜长鸣不止的原因。一时间，他想到了很多，原来镜子虽无所不能，却也有它要遵循的法则；原来自己一心想治好百姓的病，竟在无意间违背了天道因果。头脑风暴之后，他走到镜匣前拿起黄八镜，深吸一口气，吐出了压在心中的疑惑。

"你为什么给别人托梦，不托给我，我还是不是你最亲爱的主人了？"

7.黯然销魂者，唯别而已

王度这辈子有很多珍爱的宝贝，比如那面多功能宝镜，比如他的弟弟们。

他有出息的弟弟实在不少，王通和王绩便是其中的佼佼者。王通是当世大儒，据说十五岁便能给人当老师，门下弟子皆为俊杰，为李唐开国提供了丰富的人才储备资源。王绩没这么厉害，他是个诗人，爱好喝酒，写诗写进了今天的课本，就是这篇被要求背诵并默写的《野望》：

东皋薄暮望，徙倚欲何依。

树树皆秋色，山山唯落晖。

牧人驱犊返，猎马带禽归。

相顾无相识，长歌怀采薇。

本诗字里行间充满了诗人对大自然和隐居生活的向往之情，没错，王绩的理想是当个与世无争的隐士。但归隐这事也是有基本要求的，不是说你在自家院里种几棵树，就算达到目的了。

于是他找到王度说："哥，我辞职不干了，要去游山玩水，玩一辈子。"

这话要是对他当国子博士的爹说，他爹定会一个巴掌扇过去，但王度是慈爱的兄长，于是他只是错愕了片刻，便依依不舍地劝阻道："弟啊，如今天下正乱，盗贼横行，你去隐居人身安全怎么保障？再说了，我与你从小一同长大，感情融洽，从未远别过，你现在搞这么大阵仗，直奔着'平游五岳，不知所踪'的路线去了，叫哥哥如何承受得了？"

王绩态度十分坚决："哥，你不用说了，匹夫不可夺其志，我今天非走不可。人生百年，忽如过隙。得情则乐，失志则悲。哥哥你平常最体谅我了，怎么忍心阻止我实现梦想呢？"

王度一听就明白了，弟弟这是叛逆期，八匹马都拉不回来，自己也就不多费口舌。准备点好酒好菜践个行，说不准什么时候弟弟想起自己的好，还能回来看看。

美酒也喝了，车马也备好了，王绩站在长亭外却迟迟不挪步，眼巴巴看着他。王度心里咯噔一声。果不其然，亲弟弟扭捏道："那个……哥呀，我这回走还有件事想拜托哥哥。你不是有面宝镜吗，一看就不寻常，你想我从今往后就要归隐山林、栖踪烟霞了，不得需要一个护身的法宝吗……"

王度打断他的话："不就是镜子吗？拿去！我对你有什么舍不得的！"

王绩抱着镜匣，乐颠颠地上马车归隐去了，他没有看见路旁的王度早已经泪流满面，正捂着心口重复着："我的镜子啊，我的宝贝镜子啊……"

失去了弟弟和黄八镜后的王度依旧按时上班，每天加班，时不时写写传奇小说，记下自己和镜子的点点滴滴，只在醉醉后对知情人不住叹息："我想镜镜。"

三年后，王绩带着黄八镜回来了，见面就是一句："哥，你这镜子真是个宝贝！"

王度忧伤道："我知道。"

王绩："要不然我把它还你吧！"

王度："你说啥！"

王绩："哥你撒开手，听我说，此番云游途中，我身边发生了许多怪事，都与这面镜子有关。"

他此番云游，首先抵达了少林寺所在的嵩山，露宿在石梁。

可能是觉得佛门圣地比较安全，王绩登玉坛峰观景，不知不觉便到了日暮时分，四顾周遭也没有能投奔的人家，正着急间，忽瞧见半山处有一嵌岩石，岩下藏一天然形成的石室，看大小，足能容纳三五人。

王绩欣喜不已，撑着登山杖便攀了上去，不久太阳就彻底落下了山头，一弯银月东升，月光洒进石室中，令人身心安逸。在石室内待到二更时分，他忽然听见石室外有人声，起身一看，原来是两位老者结伴而来。其中一人相貌好似胡人，须眉皓白，身形消瘦，自称山公；另一人面庞圆阔，白须、长眉，黑而矮，自称毛生。

双方对视，皆是一愣，还是俩老者徐徐开口道："年轻人，你是什么人啊？"

王绩起身作揖，道："晚辈是寻幽探穴的游人。"

两人在他身旁坐下，便再不理会他，自顾自攀谈起来。王绩起初还想靠着行囊继续小憩，可话音钻到耳朵里，却越听越不对劲。什么"狼王请我去吃酒"，什么"桃花精抢了个俊书生回洞府"，还有些细思极恐的，令他浑身汗毛都竖了起来，越看这两个老者越不像常人，倒像是妖魔。

性命攸关，谁知道他们两个聊尽兴了，会不会忽然想起石室中还有一个香喷喷的凡人，王绩是走也不敢走，留更不敢留。正在这时，他想到了临行前从兄长那讨来的黄八镜。

王绩将一只手藏到身后，摸索着打开行李，揭开镜匣，碰到冷冰冰的镜鼻，心中便多了几分底气。他鼓起勇气，将宝镜高高举起，正照在两个老者的身上，只见他们果然神色大变，失声俯伏在地，矮的化为了老龟，像胡人的化为了猿猴。他将宝镜一直悬到破晓时分，两只妖物才殒命。走上前细细一看，龟身带绿毛，猿身带白毛。

二妖现形后，王绩也多了几分底气，不惧沿路妖邪不说，还为民除害，抓了一条名为"鲛"的龙角大鱼。该大鱼兴风作浪，长得恶心不说，还敲诈勒索当地百姓，最终被王绩宝镜一照，烤得色香味俱全，王绩连吃了好几天。

这天，他旅行到豫章，偶遇道士许藏秘，二人在吃瓜的时候谈到，仓督李敬慎家的三个女儿近来同时得了怪病，就连许藏秘也束手无策。王绩便委托故人赵丹帮忙牵线，找到李敬慎，问清了事情的来龙去脉。

李敬慎道："可愁死我了！我这几个闺女近来行事反常得很，每到日暮时分，就约好一起化妆梳头做指甲，打扮得光彩照人，再回到居住的阁子里，吹熄蜡烛，像在与什么人窃窃私语，还不时发出笑声！我和她们的娘都吓坏了。可一阻止她们这样打扮，她们就哭着闹着要自缢投井，您看这算怎么回事呀？"

王绩："……"

王绩："呃，这个……这话我一介外人来说或许不合适，您看您要不要查查，令爱是不是在阁中藏了什么人。这个女为悦己者容，到了一定年龄有追求爱情的冲动，您也要支持，不能一味打压。"

李敬慎绝望地看着他："问题就是阁中除了三个姑娘，一个活人也没有啊！"

王绩默默无语地从行李中摸出了黄八镜："镜兄，这就到你出场的时候了。"

这天日落时分，李家三姐妹果然又打扮得花枝招展，心情很好地回到了阁中，她们不知道，自己的父亲已经将阁东的窗户动过了手脚，锯断了窗棂，又将它们照原样支好。

一更时分，王绩和李敬慎躲在窗下，只闻娇俏的笑声又从阁内传来，那样子就仿佛真有人在同女孩们说笑，直听得人脊背发寒。二人果断地拔去了虚支的四根窗棂，持镜向里面照去，强光照射下，只听三姐妹惊叫道："你们杀了我们的夫君！"

二人在窗口悬镜至天明，破门去看，但见三个盛装女孩蜷缩在一旁，已然失去意识。王绩解下宝镜，向内搜寻，没走几步就掩鼻停住了，回头对李敬慎道：

"您家的女婿……口味挺重。"

李敬慎忙冲进来，只见地上横着三具尸体：一只是一尺三四寸的黄鼠狼，无毛无齿；一只是五斤多重的大肥老鼠，也是无毛无齿；还有一只竟是硕大的守宫蜥蜴，身如人手大小，鳞甲绚烂，头生两角，五寸长的尾巴上有一截白色。三只畜生都死在了墙壁的漏孔前，看样子应是争相逃窜未果，着实可笑。三妖尽灭，三姐妹也很快恢复了正常。

从此以后王绩凭借着宝镜在手，遇怪打怪、遇妖降妖，还顺手收了一只害女孩子哭泣的大公鸡。这一路走来，无论遇到什么灾难，他都能化险为夷，还结交了不少奇人异士，堪称宝镜照一照，妖怪去无踪。他顶着周围人羡慕的目光，几乎想这样一直玩下去。

"那你怎么又回来还镜了？"王度不解道。

王绩接着讲述道："我不久前在庐山遇到了一位名叫苏宾的处士，此人有博古通今之能，他告诫我，天下神物，必不久留人间。如今天下大乱，他乡并非安居之地，劝我趁还有宝镜在手，足以自卫防身时，速速还家。"

"原来如此。"王度笑道，"但我的弟弟，似乎不是那么听劝的人啊。"

王绩点点头："确实另有原因，与其说是我想回，不如说是宝镜想回来见见兄长。"他望着镜匣道，"数日前，镜精托梦于我，说：'在下蒙卿兄长厚待，如今即将舍人间而去，无论如何也想与他告别，还请卿早归长安。'我这次回来就是想完成宝镜的心愿，践行我的诺言。"

几个月后，王度携镜前往河东。

大业十三年七月五日，宝镜于匣中第二次发出了悠长的鸣音，王度蓦然有所感，来到锦匣前叹息道："紫珍啊，我这回又做错了啥，你说出来我改还不成吗，别走行不行？"

话音落时，鸣音渐大，几乎有几分悲哀的意味了。王度还欲开口，突有虎啸龙吟之声自匣中传来，震得人不禁后退了两步，再开匣看，宝镜早已不知所踪了。

改编自张说《镜龙图记》及王度《古镜记》

此人不俗

病名为爱

（记者：蒋防　翻译员：顾闪闪）

1.患者李益

"大夫，在下没病，在下体魄康健着呢！"

老郎中抬眼看了对面容颜俊朗，但显然有些神经质的男人一眼，长长叹了口气道："今日医的并非寻常疾症，是心病。"他打断还要开口的男人，"患者姓李名益，对吧？"

李益坐回椅上，双拳紧握，点了点头。

"据亲属说，你今年刚刚三十出头，却已经历过三段失败的婚姻，阁下年轻有为，又才情斐然，何故如此呢？"

"都是她们的错。"李益认真道，"我的第一任妻子卢氏，那个贱人居然公然与旁人幽会，姘头都闯到了我们的卧房里！"

那是婚后不久的一个夏日，他与妻子正在床上同卧，香炉烟袅袅，帐幔低垂。原本安逸温馨的氛围，却被几声男人的低叱打破，仿佛是什么约定好的暗号。

本就浅眠的李益顿时汗毛乍起，翻身去看，竟惊骇地在映幔外发现了一个二十出头的美男子。那人姿状温美，生了一副小白脸的模样，仿佛没察觉到主人的怒视，犹在伸手含笑召唤卢氏。

卧榻之侧岂容他人撩骚？李益掀被而起，怒气冲冲地就要去制裁闯入者，想不到那男狐狸精只给他看了条尾巴，待伸手要去抓时，却消失得无影无踪。他绕着床幔跑了好几周，却连根头发丝也没再看到。回身瞧时，卢氏仍呼吸均匀地在榻上沉眠，可李益却半点睡意也没了，只觉一大团绿云压在头顶久久不散。

"你们的婚姻生活就是自此出现嫌隙的，对吧？这天以后，你便总觉夫人瞒着你在外面勾三搭四，与人做下不轨之事，夫妻之间也再无话可谈。"老大夫皱眉道，"可家人们都说，卢氏贤良淑德，也劝过你不要太多心，你怎么就是无法释怀呢？"

听到这里，李益浑身猛地战栗了一下，直盯着大夫道："因为我亲眼看到了，不只一次。"

在家人的劝说下，他本想既往不咎，但仅仅在几日后，场景就又重现了。他从外头归家时，正赶上卢氏在床旁鼓琴，十指削葱，鬓云香腮，令他也忍不住心软起来。可还未等上前重修旧好，一团物什就从门外不偏不倚地抛入卢氏怀中，斑犀钿花盒子宝光闪闪，刺得他眼睛生疼。

上前一把夺过盒子，他粗暴地拆下系在当中的同心结，打开来看，里面的东西可真不少，两粒红透相思子，一只滑稽叩头虫[①]，

---

① 叩头虫：鞘翅目叩甲科动物，体为长椭圆形，全身黑褐色，触角长而呈锯齿状。腹节可自由屈曲，故仰其腹，能自行跃起，以指按其体，即频叩其头，故称为"叩头虫"。

一包招蜂引蝶发杀鼁[1]，一团意乱情迷驴驹媚[2]。

李益震怒，头皮发麻，将盒子狠狠掷在地上，发出豺虎般的嘶吼，还顺手抄起古琴，痛砸在妻子身上。

"那个野男人是谁？还不如实说来！"

面对丈夫的厉声质问和无情拳脚，茫然的卢氏只得含着眼泪，无助地不停摇头，哀求着，辩解着。李益却一概不听，将家暴进行到底，场面好似唐朝版《不要和陌生人说话》。

犹嫌不够似的，他又将家事闹到了公堂上，执意将卢氏扫地出门，方才罢休。

"与卢氏离婚后你仍不收敛，妒忌之心反而愈发严重。但凡家中与你同宿过的侍婢媵妾，你便像守财奴一般死守着她们，甚至会因为无端怀疑，拔剑杀之……"大夫的神色越来越严肃，而李益的精神也渐渐紧张起来。

"没错。"血丝爬上李益的双眼，指甲刺痛他的掌心，他反倒笑了，"我曾经非常宠爱一位名叫营十一娘的广陵名妓，将她纳入府中，她真的很美，姣好的面容就像初绽的芍药花瓣一样……"

"可她也不是一心爱我，我感觉得到，为了防止她与旁人有染，我想了一个好办法。"他压低声音道，"每次出门，我便用浴桶将她覆在床上，封死在里面，等到回来时，仔细检查过后，再放她出来。我将那些被我杀死的姬妾的事情讲给她听，每次她都吓得发抖，更不要说胆敢离开我。

"我随身带着一把短刀，警告家中所有的侍婢：'此乃信州葛溪铁，谁敢犯错，我就用它砍下那个人的头。'"

他靠近大夫，诡秘地说道："女人都是这样，我看一眼就知道，她们水性杨花，是不可能从一而终的。"

---

[1] 发杀鼁：一种中药材。

[2] 驴驹媚：传说中初生驴驹口中所含的肉状物。妇人带之增媚，这是一种迷信说法。

大夫无可奈何地看着他，许久才点破道："据我所知，那位营十一娘肖似阁下的一位故人……"

李益脸色骤然惨白，嘴唇翕动道："别，别提那个名字……"

大夫平静地望着他："是叫霍小玉，对吗？"

他脑中轰鸣，双手抱紧了自己的头，稍一动念，女孩巧笑倩兮的模样便又出现在眼前，她正手执书卷念着自己新写好的诗句：

"从此无心爱良夜，任他明月下西楼……"

金风玉露，那年他刚刚二十岁，那是他人生的第一次心动。

而她，已死了整整十年。

2.相亲修炼指南

李益也不是生来就有病的。

作为中唐边塞诗的代表诗人，他不仅有着高贵的姓氏，门第清华，还是个少年成名的神童，及冠之年便考中了进士，丽词佳句，可谓举世无双。

知好色则慕少艾，无双的才子自然想匹配绝代的美人。别的年轻人还在风尘仆仆奔仕途的时候，李益早已大功告成，一门心思搞对象了，怎奈少年风流眼光高，婚恋市场七进七出，居然一个看得上眼的都没有。

李益不愧是聪明人，很快就察觉到是自己的方式方法出了问题。想通后，他来到长安城新昌里路口，高歌一曲《老媒婆带带我》，歌声未落，便见一道艳丽身影绝尘而来，站定在他面前端着气道："公子，千里姻缘一线牵，老身鲍十一娘，为你搭起通向幸福婚姻的桥梁！"

鲍十一娘，原为薛驸马家青衣，现已赎身从良。她叱咤婚恋市场十余年，凭借着三寸不烂之舌和自身勤奋努力，成了业界赫赫有名的魁首，长安城每一户豪富之家，都曾留下过她的足迹。

李益找的就是她。

风月场上，没有钱解决不了的问题，如果有，就把金额加倍。李益深谙这个道理，舍不得孩子套不着狼，他先拿钱将鲍十一娘砸得发晕，又一通款待恳请，哄得鲍十一娘笑开了花，连连答应道："李公子放心，就包在我身上！就您这条件，还怕找不到佳偶？保准给你说合一位如花似玉的俏娘子。"

这一过就是好几个月，南亭外的玉兰开了又落，正当李益不抱希望之时，鲍十一娘敲响了他的房门。

门外夕阳将落，李益匆忙穿好外衣，迎将上去。鲍十一娘倒也不客气，两眼放着贼光，一把将他扯回了屋里，笑意浓得腮边都要挂不住了，偏却卖起了关子，又是要用茶又是要嗑瓜子的，急得李益几欲跳脚。

"大驾光临，未及远迎，是什么风把鲍卿您给吹来了？"李益明知故问道。

鲍十一娘觑了他一眼笑道："这些日子李公子可有做过什么美梦？"

李益听她这话明摆着有谱儿，心中狂跳，面上却做出波澜不惊的模样，继续引着她的话头，叹息道："小生孤枕冷衾，哪里做得着什么好梦？还需请鲍卿多多周全。"

"算你嘴甜，我就不吊着你了。"鲍十一娘神秘兮兮道，"如今有一仙子，谪在下界，不图财货，但慕风流。我看那出尘样貌，一身才情，倒是与十郎你甚是相当！不知你是否有空见上一见？"

"有空，自然有空！"李益大喜过望，几乎跳了起来，对着鲍十一娘深深一揖道，"倘若此事能成，鲍卿您便是李益的大恩人！往后为奴为仆，小生至死不敢忘恩。不知仙子家住何处？芳名为何？我们什么时候才能见面？"

鲍十一娘看他这急色模样，当即"噗"地笑出声来，倚着茶桌道："这仙子可并非寻常的优伶娼妓，乃是霍王的亲生小女，掌上明珠，闺名小玉，你须得将人家放在心尖上，看进眼睛里。"

听了这话，李益反倒迟疑起来："这……恐怕不敢高攀。"

鲍十一娘一脸了然，紧接着道："攀得起，攀得起，我十一娘牵线你还信不过？说来这姑娘也是可怜，虽备受霍王宠爱，却偏偏是宠婢庶出，如今霍王薨逝，母女俩没了依仗，只拿着些许钱财，就被亲兄弟赶到了外面居住。好好的贵胄千金，是祖宗也认不得，家门也进不去，连姓氏也改为了'郑'，要不是我打听得仔细，谁知道这坊市间竟藏着蒙尘美玉？"

李益一听，顿时觉得自己赚到了。唐代还是非常讲究门第的，但凡有个闪闪发光的姓氏，格调就加持了不少。再者说，王侯之女和民间野丫头显然不一样，即便少了门楣庇佑，受教育程度也是天差地别。

按以往来说，这样家室的姑娘，他也就只能远远垂涎一下，如今却伸手便能揽入怀中了。这就好比本想买件保暖外套，却意外以同样价格买了高定奢侈品，谁还管它贴不贴打折促销的标签？

鲍十一娘也看透了他的心思，继续推波助澜："这霍小玉容貌秾艳、灿若桃李不说，偏还音乐诗书样样精通。要不是心气儿太高，事事要强，早被八抬大轿迎娶走了，哪还轮得到你李十郎？"

李益大腿一拍，长得漂亮有文化，出身尊贵眼光高，听描述这就是本人的择偶取向啊！不过还得亲眼看一看，谁知道这鲍十一娘有没有夸大其词。

"最重要的是，人家特别崇拜你，一听相亲对象是李十郎啊，欢喜得不得了！"

"她就住在胜业坊古寺曲，甫上车门宅。明日午时，会有个叫桂子的丫头在曲头接你，到时不见不散。"

鲍十一娘说完，就一阵风似的从房里消失了，留李益一个人站在那儿两眼发痴地陷入了妄想：明日他白马金鞍，驾车而去，在长安诸多单身青年羡慕的目光中，叩响那扇隐隐透出芳香的闺门。霍小玉便如同翩翩仙子般立于庭院中，清风吹过，落花与她的衣袂一同纷飞在明媚的春光里……

等下，车？

李益如被当头打了一棒槌，对了，他没有车啊！

3.二倍速恋情

没有车委实是件了不得的事。

女方那边说是不图财货，他也不好太寒酸，让人看着笑话。当天晚上，李益便令家童秋鸿跑到堂哥京兆参军尚公那里，借来了富家子弟顶级装备——青骊马和黄金勒。

豪华马车打造好，便开始装潢他这个人。李益沐浴焚香，刮脸修容，脑袋里边想着天仙霍小玉边开爬梯，不晃都不行，竟折腾了整整一宿都没睡着。

第二天照镜子一看，惨了。

两个斗大的黑眼圈挂在脸上，直接给他帅气的容貌打了个八折。佩戴上巾帻，他是怎么看自己怎么不顺眼，生怕配不上即将见面的相亲对象。

徘徊纠结再三，一不留神磨蹭到了晌午，眼看着就要到了约定的时间。他想再不走要迟到了，这才仓皇跳上马车，喝令车夫快行，宝马香车一路疾驰到胜业坊，掀帘一看，果然早有青衣婢女在曲头等候，见他就问："莫非你就是李十郎？"

李益点点头。

桂子两手一拍："太好了，我这就带你去见小姐！"

说完拉上他，便直奔大门而去，那模样活像比他还急，吓得李益直往后缩："我……我先拴个马。"

桂子："拴什么马呀？拴马有拴住妹子的心重要吗？我宣布你俩不光拴了，今天当场就能锁了！"

嬉皮粉的实力不容小觑，桂子拉郎一顿疾走，反手就将李益塞进了宅子，顺便还掰折了宅门钥匙。李益本来就紧张，剧烈运动过后更是心跳不停，站在人家香闺之外还未来得及想开场白，便听门厅内传来一阵娇笑。

"何等儿郎，造次入此？"

那一刻李益的肾上腺素都飙高了，这么霸气的台词莫不是个御姐？满脸通红抬头去看，但见这腿、这腰、这臂膀……他咽了咽口水，满身热血又凉下来，佳人背影颇有些威武壮实，既视感与描述颇为不符，堪比卖家秀和买家秀，莫非自己是被鲍十一娘给唬了？他转头就想去问桂子，掰折的钥匙还能不能再粘上。

"讨厌啦！你这是什么见鬼的表情？"厅内人回身小步跑出来，一把推上李益肩头，那样貌，却正是当日保媒拉纤的鲍十一娘。

"吓死我了吓死我了……"李益哆嗦着，嘴唇都白了，刚想反问她搞什么乌龙，就被拽着胳膊直入中门。

中门内的景致还真不错，四株樱桃树竞相绽放，分外幽雅，他刚想松口气，就听不知打哪儿传来高声尖叫：【妈呀，来个人，男的，目测是个渣！小姐快把帘放下吧！】

李益汗毛都竖起来了，回头去看鲍十一娘，鲍十一娘表示无辜，又指了指西北角的鸟笼。笼中那位羽毛鲜亮、两眼溜圆，正是本故事中第二号正义之士——预言家鹦鹉兄。

鹦鹉兄虽在笼中，凶悍程度却堪比看门狗，一通嘴炮，惊得李益愕然不已，竟当真不敢挪步。过了许久，直等鲍十一娘从里面请出霍小玉的母亲静持，他才同二人结伴进了屋，犹闻后脑勺处传来一声：【垃圾。】

屋内早已摆好宴席，几个人依次入座，李益偷偷打量静持，只见她四十多岁，绰约多姿，谈笑妩媚，不愧曾经是霍王的女人。

如何讨好丈母娘，绝对是婚恋史上的一大难题。任他才华横溢，到这一步也是嘴张了又闭，正斟酌要不要先改口叫妈，就听对面道："我早就听说李十郎才调风流，想不到颜值也这么高，真是百闻不如一见。我有个女儿，才华一般般，也就是出口成章吧；相貌不算丑，出门迷晕百八十个路人还是没问题的，总而言之，就是与您特别相配。所以我才几度拜托鲍十一娘上门做媒，如今您既然有意向，我就将女儿交给您了，闲话不多说，你们夫妻先见一面吧。"

李益："哪里哪里，不敢不敢，直接通关，不胜感激。"

4.追星奔现之路

酒席过后，霍小玉终于从堂东阁子内闪亮登场。

有多闪亮呢？但说她往那一站，李益便顿觉满室草木化琼林，光彩灼烁，互相照耀，更不用说霍小玉望他一眼，套用句粉圈的话，妹妹眼中有璀璨星河。

而我们的霍小玉也不是没有感情的美貌立牌，少女的内心同样弹幕汹涌："爱豆坐我对面怎么办？""啊，他看我了看我了！""什么出口成章，我是一个只会说好帅的废物。""方才娘亲的话什么意思？桂子说的锁了又是什么意思？不可以，我对哥哥的爱是单纯的，让我多看他两眼就心满意足了！"

她在那呆站了快半炷香的时间，直到被母亲拉了一把才缓过神来，颔首行礼后慢吞吞坐到席间，竟羞得连话都说不出来。

静持笑道："你最爱念的'开帘风动竹，疑是故人来'就是这位李十郎的诗。终日念想，何如一见，还不快表白？"

霍小玉低鬟微笑，细语道："见面不如闻名，才子岂能无貌？"

翻译：我爱豆不仅才华横溢，长得还帅，粉到就是赚到。

李益也起身连拜，迫不及待说出了心里话："小娘子爱才，鄙夫重色，这么看来，我们真是天生一对。"

【呸！】

静持："桂子，把鹦鹉拎出去。"

霍小玉和母亲老早就没了家，与大户人家有媒有聘不同，所谓婚姻，也不过是想找个依靠，与坊间暗娼并无区别。但静持到底是亲娘，二人手中也尚有余财，没必要委屈女儿一朵鲜花插在牛粪上，这才相中了新进才子李益，委托鲍十一娘引他上门。

席间琴瑟相合，你情我愿，气氛别提有多好，话聊开了李益的直男本性也就暴露出来了，端起酒站起身，开口就是："妹妹长得这么漂亮，想必歌也唱得好，来一个呗！"

霍小玉："……"

静持也感觉到尴尬了，但还是暗地掐了女儿一把道："李公子让你来一个，你就来一个。"

霍小玉含羞带怯地站起身，紧张程度好比被迫在亲戚面前表演节目的可怜孩子，但胜在观众英俊养眼，她也很快调整好情绪，开了腔。

这一开腔不要紧，发声清亮，全在调上，高音上得去低音下得来，简直是专业水准，听得李益目眩神迷，再也走不动路。于是当天晚上，他便顺理成章地住下了。

闲庭深院，珠帘不卷，李益被引至西院更衣下榻，由丫鬟桂子、浣纱服侍着脱靴解带。

桂子："我说你俩锁了吧？我的眼光向来很准！"

浣纱："正事不做就知道瞎磕糖！小姐显然就是被迫营业好吗？你没看到小姐眼中的不情愿吗？你这个假粉。"

李益："……"

浣纱："看什么看？看我也要说，你这个倒贴吸血……"

桂子捂着浣纱的嘴将她拖下去，纷争告一段落，不多时，霍小玉缓缓走进来。这位正主也是李益的粉丝，论属性还是传说中的"真爱粉"，在见面前早已将哥哥的衣食住行、兴趣爱好了解得一清二楚，恨不能秉烛唠上个三天三夜。二人情投意合，一见如故，从诗词歌赋聊到饭圈生态，聊着聊着李益就给她展示自己的夜光腰带，然后就……

总之就是非常快乐！快乐得李益都陷入了狂乱，心道什么襄王巫山，什么曹植洛神，看到我脸上这块胭脂了吗？这不是唇印，这是官方盖的章。

嘻嘻。

5.太美的承诺因为太年轻

午夜时分，霍小玉趴在枕上，借着灯烛的微光细细看李益的脸，看着看着就哭了。

她越哭越伤心，到后来李益都被她哭醒了，连声问怎么了。她抹着眼泪哽咽道："哥哥你是全长安少女的梦中情人，而我只是个普普通通的小粉丝，出身还不好，肯定是配不上你的。"

没等李益开口，她又接着道："虽然如今我们生米已经煮成熟饭了，但哥哥你想转头就走，我一介弱女子也拦不住。到时候我就会像那失了依托的藤蔓，入秋被收起的团扇，欢愉过后，只剩凄凉，想到这里我就呜呜呜……"

李益："你这说的哪里话？我找了这么久，才遇到你这样一位知情知趣的美人，简直这辈子都值了，我们的感情和一般情侣能比吗？我就把话撂在这儿，妹妹放心飞，哥哥永相随，粉身碎骨，誓不相舍。我今日说的要有半句谎话，就叫我……怎么样我暂时还没想好我们改日再定，不如这样吧，我先给你打个白条……"

霍小玉："白条？"

李益捂嘴："我是说素缣，我们不是要盟誓吗？"

于是霍小玉止住眼泪，命侍女樱桃挑开帷帐，移来蜡烛，又取出笔砚交给李益，看着他写。

根据上文我们知道，她在修习管弦乐舞的余暇，也是位爱好诗文的才女，平时喜欢读读书练练字，收在箧箱中的文具，也是从王府中带出来的，相当贵重趁手。

许是因为这个缘故，本就有才的李益是越写越来劲，什么山盟海誓、地久天长一套套的，忽悠得霍小玉也一愣愣的，只顾鼓掌。写完拿过来一看，是句句恳切、字字动人，每一页都写满了爱情。

霍小玉并没有意识到，李益之所以能写这么痛快，纯粹是因为有才华加持，与真心无关，登时满足得不得了，将素缣珍重地收纳在宝箧之中。从此两个人愈发鱼水和谐、如胶似漆，一直过了两年。

这两年的细节我们按下不表，但有一点毋庸置疑，李益的这种行为，就是典型的睡粉。

基本表现就是，睡的时候满腔热情，丝毫不考虑后果，一旦大事临头就马上挂出律师函，和女方撇清关系。哦不，李益渣得更出格几分，他连律师函都没发，直接人间蒸发，遁了。

事情还要从这年春天他拔萃登科授官郑县主簿说起。这本是天大的好事，李益在洛东大摆酒席庆祝，住在长安的亲戚，多来赴宴。

彼时春意阑珊，夏景初丽，宾客散去，落花满地，令人忍不住离思萦怀。霍小玉忽然就想通了，李益年纪轻轻，便盛名如此，注定不会是她的，在场愿结姻亲的宾客要多少有多少，而她们的家世尊荣，自己一个也比不上。

她拉着李益的手道："你年少未娶，家中又门风森严，我们是不会有好结果的。你这次离去，必会另结佳姻良缘，盟约什么的，不过是笑谈罢了。然而我仍有一个小小的心愿，你愿意听吗？"

李益又惊又怪道："大喜的日子，你突然说什么呢？我要是有什么做错的地方，你直接说出来，我改还不行吗？"

霍小玉叹了口气，道："我今年刚刚十八岁，你也不过二十有二，离而立之年，犹有八岁。我想把我们一生的欢爱，都燃尽在这段时间。在那以后，你再另选高门，永结秦晋也不迟。我也可以心甘情愿地遁入空门，剪发诵经，了此余生。你看如何？"

这两年间，李益也不敢保证没动过其他心思，但听了霍小玉的话，他的眼泪顿时划过脸颊，心中又是感动又是愧疚，紧紧握住她的手道："我心皎如日月，死生不相移。说要与卿偕老，还怕这一生不够，哪敢有其他杂念。还请你相信我，不要怀疑，留在这里等我回来。待到八月我抵达华州，必当派使者将你风风光光地迎过去，我们相见的日子不会太远。"

渣男都是这套说辞，但美人偏偏都吃这一套，给霍小玉喂了粒劣质定心丸，李益便头也不回地向东而去。

到任几天后，他例行告假去东都觐亲。到家才知道，几日前太夫人，也就是他的亲娘已经为他定下了同表妹卢氏的婚约。李益傻了眼，这样的场景他早在心中演练过几次，回绝的话就在嘴边，但事到临头，面对治家严毅的母亲，他连抬头的勇气都没有，逡巡几番后，当天就前往卢家拜谢。

卢氏大族，嫁女他门，聘金少于百万谈都不用谈。李益也是意志坚定，为了攀上这门高亲，不惜觍着那张帅脸到处借钱，足迹遍布江淮，历时从秋到夏，各路亲戚知道他要来纷纷提前锁门，终于在半年后，他凑齐了这笔巨款。

婚期将近，另一个问题又来了，远在长安的霍小玉怎么办？

李益是好面子的人，要他去承认负约，被人家指着鼻子骂渣男，这他肯定承受不来。才子的逻辑总是这么清奇，他脑筋一转，想道：这事她今天知道就今天伤心，明天知道就明天伤心，那我不让她知道，她不就不会伤心了吗？日子一长，她也就把我忘记了，嗨呀，我可真是个在困境中依旧善解人意的温柔种子。

所以他不光自己一去不复返，不要脸地玩消失，还大老远地拜托亲戚朋友，都不要走漏自己的消息。

6. 紫钗玉断

李益的妙算落了空，霍小玉还是崩溃了。

那时候通信不发达，约定的期限早就过了，可赴约的人却迟迟没有归来，甚至连音信也完全消失了，以至于她满心觉得李益是出了什么事。

她满怀希望去问，却没有一个人肯对她说真话，今日东南，明日西北，还有搪塞说李益可能是病了的，每个消息都能令她整日魂不守舍、心烦意乱。最无助的时候，她甚至求助于巫蛊卜筮、满天神佛，只求知道李益还好好活在这世上。

所有能想的办法霍小玉都用了，唯独没有想到几番山盟海誓的李益会负心。尽管李益的书信早就断绝了，可她的想望分毫不移，一日比一日强烈。

她是真的喜欢他，从没见面时就开始喜欢。

执念太重，便成心魔。

霍小玉病了，一病经年，沉疾难医，但她仍在锲而不舍地寻求李益的消息，为此不知花掉了多少金银，耗费了多少心血。手上的钱财用尽了，她便偷偷派侍婢拿出箧中的衣服珍玩，到西市侯景先家的当铺寄卖。

这日，浣纱执着紫玉钗一支，到景先家货卖，路上恰好碰见了皇室的老玉工。老玉工认出那钗，拦住她道："这钗……这钗是我亲手所制，昔年霍王的小女儿要梳发及笄，便令我打造了这支钗，给了我万钱的报酬，我一直没有忘记。你是什么人，从哪得来的紫玉钗？"

浣沙道："我家小娘子正是霍王之女，家事破散，失身于人。夫婿前往东都后，又失去了音讯，娘子忧心成疾，已有两年。如今还要我卖掉这钗，去贿赂他人，打探消息。"

老玉工记忆中的霍小玉，仍是那个骄傲尊贵、备受霍王宠爱的小女儿，怎料如今竟已沦落风尘，凄苦至此，不禁潸然泪下，叹息道："贵人家的儿女，竟然落魄到了这般地步！我残年将尽，见到这样的盛衰变迁，也不免伤感。这样吧，我就做把中介，来，跟我去公主府走一趟。"

公主正在府中百无聊赖看虐文，听了老玉工的话，也跟着掬了一把同情泪，收了钗不说，还主动加价，最后以十二万钱成交买定。

请大家记住这支紫玉钗，后世有位叫作汤显祖的大戏剧家，根据这个故事改编成的戏剧就叫《紫钗记》，与《牡丹亭》《邯郸记》《南柯记》合称为"临川四梦"，期末或许要考。

花开两朵，各表一枝。这边霍小玉正散尽家财、病痛缠身，那边的李益却已经在筹备婚礼了。但他这个婚准备得相当低调，请了个假回城，占卜落户都是偷偷进行的。这倒不是他观念走在时代前列，实在是不敢声张，但即便这样小心，还是被人捅了出去。

这个人叫崔明允，李益的远房表弟，是个在京考生，为人朴实善良，往日里经常到李益和霍小玉的住处做客，喝酒吃饭，笑语欢言，一口一个"嫂子"叫着。李益离开长安后，他也帮着多方打听，一有消息就如实告诉霍小玉。霍小玉心里感激，常拿出衣服金钱来资助他的学业。

甫一听说李益要结婚，崔明允也愣了，霍小玉多好啊，这嫂子怎么说换人就换人？

年轻人没城府，快马加鞭跑过去，把这个重大消息告诉了病榻上的霍小玉，说完他才发现不对，霍小玉眼中连光彩都没了。正准备叫人来抢救时，霍小玉才望向他，伏在床边悠悠叹恨道："天底下怎么会有这样的事呢？"

她神思恍惚，不明白自己的一腔赤诚，如何换来这样的结果，脑子里唱的都是"太委屈，连分手都是我最后得到消息"，但因为她对情对爱都没有半点对不起李益，所以她遍请李益的亲友，希望能约他出来见一面，说清楚。

见面分手，多么合理的诉求，李益都不肯。

为了躲避上门游说的亲友，这位即将大婚的才子竟每天一大早就躲出去，夜深才敢回到家中来。

李益也是人，对霍小玉也真的动过情，他本来只想普通地渣一渣，脚踏两条船，可如今看来，却要闹出人命了，于是越发惶恐，不愿出面。他是既不想面对霍小玉的唾弃，又不想背负骂名，更不愿让岳家知道，受同僚讥讽，他李益是天之骄子，人生不可以有这样的污点。

于是，所有的苦楚只好都由霍小玉一个人来承担。她日夜哭泣，寝食难安，拼尽全力，只求一见，竟都找不到机会。往日的美人已成了形销骨立的冤鬼，锦缎般的乌发光泽不再，病躯委顿在床，起身都做不到了，却有力气恨。

恨李益也恨自己，有眼无珠，所托非人。

7.开帘风竹动，故人不再来

李益绝情太过，黑粉遍布全长安，不得已只好深居简出，平日里红红火火的诗歌论坛也不敢登录了，将评论设置为仅对好友开放，怎奈何如今好友也不待见他。

从腊月到三月，他估摸着热度该下去了，便约上五六个同辈人到崇敬寺透透风，顺便赏赏牡丹花。其中有位名叫韦夏卿的哥们儿，脾气也是直，拉住李益就说道："兄弟小日子过得不错啊，又是观景又是赏花的，只可怜了郑卿^①，在空荡荡的房室内衔冤受苦，生不如死！我真佩服你这么快就能将她抛下，实在是个狠人。你但凡是个汉子，都不应该做出这样的事，自己好好想想吧！"

李益："我也是有点苦衷的，大家听我解释。"

韦夏卿："不听，撒手！"

混乱争执之际，人群中忽然走出一个大帅哥，身穿浅黄色纻衫，挟弓弹，是少有的健气型贵公子。在他的身后，只跟了一个短发的胡人小童，一路跟随，俯首听命。

黄衣贵公子往这个方向一瞥，露出惊讶的神情："啊呀，这不是李十郎吗？"

李益疯狂挡脸："我不是，你认错人了！你想干什么？"

那人深深拜揖道："您别怕，我是山东士族出身，又和外戚结

---

① 郑卿：即霍小玉。据上文所说，霍小玉被兄弟逐出家门，不得已，改姓为郑。

了姻亲，虽然没什么文化，却格外愿意和你们这些贤才来往。李十郎的大名，在长安何人不知何人不晓？今日前来不为别的，我是您的粉丝啊！"

李益："我现在还有粉丝？"

黄衣贵公子一拍大腿："那必须有啊！这样吧，我家就在不远处，寒舍虽然鄙陋，但丝竹声乐还是有的，另外还有妖姬八九人、骏马十数匹，大家给个面子，一起过去，咱们怎么开心怎么来，今日不醉不归！"

李益的朋友们正愁咋缓和气氛，听他一说，那敢情好啊，便拉上李益，与黄衣贵公子策马同行。一路红尘做伴，潇潇洒洒，奔腾到一半李益发觉不对，这路不是一般的熟悉，再往前拐个弯，就该到胜业坊了吧，那里不是……

"怎么不走了？"黄衣贵公子笑道。

李益咽了咽口水："我忽然想到还有点公事……要处理。"

黄衣贵公子意味深长地看了他一眼，扯过他的缰绳，牵在手中："急什么？我们先把私事解决干净，我家就在前面，十郎忍心现在弃我们而去？"

说完一夹马腹，加快了速度，拐了几个弯，就到了霍小玉家门前。李益这回彻底慌了，神情恍惚，鞭打着坐骑便要调转方向，赶快离开。此时黄衣贵公子一声令下，不知从哪儿瞬间冒出十来号壮仆，二话不说，抱起李益，就像抬待宰的猪一般将他运了进去。

贵公子将他推入宅门内，转身令人锁紧大门，高声报曰："李十郎至也！"这次钥匙他真的给掰了！

霍小玉一家在房中原本愁云惨雾，听到李益来了，纷纷惊喜不已，热烈的呼声在外面都能听见。

李益被搡进门，正愁没地缝可钻，再一抬头，几乎像见了鬼。据他所知，霍小玉应该已经病入膏肓，翻身都需要人帮助，可如今她竟自己起身，在内室换好衣裙，径直地向自己走来，丽服严妆，双眸灿然有神。

原来昨天夜里，霍小玉辗转中忽然做了个梦，梦里有黄衫义士抱着李益来到席前，对她道："脱鞋！"

场景过于怪异，一下就把她吓醒了，满头冷汗去找妈妈。说来也怪，这汗一出，她整个人也精神起来，暗暗自解道："鞋，与'谐'同音，喻指夫妇再合。脱者，解也，合了又解，那便是永诀的意思了。照这个征兆来说，我二人一定能够相见，相见之后，便是我的死期了。"

因此，这天她起了个大早，请求母亲为自己梳妆。母亲还以为她是病得久了，神志混乱，不相信她的话。经她反复请求，才肯勉强为她妆梳。

结果妆刚刚梳好，李益人就到了。

李益被精神抖擞的霍小玉吓得不行，转身又逃不出去，只好把眼一闭，等待对方的指责讥讽或是谩骂，甚至连怎么狡辩、如何脱身都想到了。可等了好久，对面却静悄悄的。

睁开眼，霍小玉含怒凝视，已经没有什么好对他说的了。

说是陌路，却总有着化不开的恨。在众人的目光中，她转身而去，一把病骨，已似风中残烛，每行两步，她便用衣袖遮挡面庞，回头去看李益。此情此景，感物伤人，令满座都不胜唏嘘。

当此际，忽有人端着数十盘美酒佳肴，陆续自门外而来。所有人都面面相觑，争相打听这是怎么回事。原来又是黄衣贵公子的手笔。客人们依据陈设，就近而坐，而霍小玉也来到了李益的身旁，缓缓倒上了一杯酒。

见她举起酒杯，李益拒也不是，接也不是，正在踌躇，却见霍小玉冷笑了一声，侧身斜视着他，将满杯酒泼在地上道："我为女子，薄命如斯！君是丈夫，负心若此！韶颜稚齿，饮恨而终。

慈母在堂，不能供养。绮罗弦管，从此永休。征痛黄泉，皆君所致。李君李君，今当永诀！我死之后，必为厉鬼，使君妻妾，终日不安！"

说完，左手死死握住李益的手臂，将酒杯狠狠掷在地上，恸哭数声而亡。

霍小玉的母亲大哭起来，扶着尸体，让李益抱着她，口中念念道："你喊她的名字，喊她的名字啊！"

李益傻傻望着臂上霍小玉的左手，大喊起来，但霍小玉已经不会醒来了。

他为她换上缟素，旦夕啼哭，只要一闭上眼睛，耳边就会传来她诅咒般的遗言。不知是不是精神紧绷得太久，临下葬前，他竟忽然在玉穗帏上看见了霍小玉的身影，她容貌妍丽，身着石榴裙、紫袄裆、红绿帔子，与活着时无异，只是脸上没有笑容。

她斜身倚在帏幔上，用手扯着绣带，轻蔑地望着脸色惨白的李益，道："难为你还有点良心，知道来送送我。其实也没什么，我就是看你哭得这么伤心，上来看看你。"

李益哆哆嗦嗦："从……从哪来？"

霍小玉笑道："你猜。"

李益不敢细想，第二天棺材下葬，他又跟去大哭了一场。一个月后，他便与卢氏完婚了。

8.亲亲这里建议您继续生不如死呢

"是她，是她回来了！大夫您救救我！"

望着陷入回忆、紧紧抱住脑袋的李益，老郎中叹了口气，润了润墨，提笔在病历表上写道：

患者姓名：李益。

性别：男。

婚否：是。

病情诊断：

1. 猜忌多疑，冷酷残暴，稍不顺心便会大打出手，有既往伤人史。

2. 有强烈的臆想症状，经常自称能见鬼，建议送精神科做进一步的检查。

3. 祸害完前女友祸害现女友。

诊断结果：

救不了了，这位简直是集各种渣于一身，建议隔离，单独观察，以免渣男病毒扩散。

改编自蒋防《霍小玉传》

别人家的女朋友是什么样的？

（记者：沈既济　翻译员：不咕鸟）

　　谢邀。本人韦崟，这字念银，世家大族，人帅有钱；人在长安，刚下马鞍；兄弟女友，利益无关。

　　说是兄弟，其实就是我堂妹夫，论亲戚都有点远。大唐惯例名字打码，叫他郑六就完事了。男人的感情都在酒里是吧，我跟郑六的感情就这么来的。要说那时候郑六是真穷，穷到老鼠都找不到他家在哪儿——不存在的东西怎么找呢，他连租房的钱都没有，只能先在老岳父家住着。不过我还是挺待见他这个人的，喝酒痛快长得略帅（当然比我还是差点的）。我俩相处还算不错。

　　我记得那会儿应该是天宝九年的六月，我跟郑六约好了去新昌里大会所喝两杯。刚走到宣平坊南边，他就突然跟我说有事要走，约我直接到新昌里大会所见面。我亲眼看见这货骑着驴往南边去，进了昇平坊北门。

他去昇平坊干什么我也没好意思问，毕竟那里好像也没什么特别的地方，而且这年头谁还没个隐私权是不是。但是他这个人吧，有隐私权也不能放我鸽子啊！反正我当天在新昌里等了他一晚上他也没来，第二天我问他干什么了他也支支吾吾含糊过去了。

后来我才知道，他那天可能是突然蒙受了某点作者的感召，拐个弯就去偶遇女主角了。我还是看《大唐艳遇树洞》邸报才知道当时发生了什么……

不愿透露姓名的郑六先生：树洞君你好，这个事情我不吐不快，当然也可能有人会说我是编的，你们随便说吧，见仁见智。

事情是这样，天宝九年六月的一天，现在想起来真的是命运的安排，我本来是跟哥们约好了去喝酒的，半路突然就觉得心跳加速，跟他说我有事让他先走，然后我就去了（地名打码）。当时路上人那么多，我一眼就看到了她，那个颜值……不是我夸张，现在的什么大花杨妃小花梅妃，跟她一比都得糊穿地心。这么漂亮的姑娘谁都得多看几眼是吧，就连我当时骑的那头驴都走不动道了，前前后后绕着她做螺旋运动。我当时就觉得这么漂亮的姑娘，万一说错话了人家给我一个大耳刮子可咋办……我不是怕挨打，我是怕我脸皮太厚打得她手疼。

可能她被我的舔狗气场感动到了，悄眯眯看了我好几眼。根据本人多年经验，她应该是在用眼神表达：你怎么还不来撩我？

那一刻营销学心理学痛点分析学的知识流淌在我的脑海里，我立刻想到了一个完美的搭讪借口！

"这么好看的小娘子，怎么没有宝马香车接送，居然要徒步？"

"有的人明明有个坐骑，却不给我坐，我除了徒步还能怎么样呢？"她说话的时候还在笑，毫不夸张地说我当时骨头都酥了，基本是从驴上滚下来的……

"我觉得这么差的小破驴，根本配不上给你这么美的人代步啊！既然娘子不嫌弃，我就把这小蠢驴让给你，只要能跟着你我就知足了！"

现在想想，爱情就是这么突如其来。她身边的两个人简直是我的僚机，一路上我跟她们连说带笑，一直走到了她家门前。本人自诩还是见过世面的，看到她家的时候还是有点蒙……长安乐游原区豪华别墅，确认过眼神，我是奋斗二十年都住不上这种豪宅的人。她进门之前还对我说，让我等一会儿。她进去之后她家的女仆就来问我姓甚名谁，说真的，路上聊得太开心我也没好意思问她怎么称呼，还是这时候才知道，小娘子是任氏二十娘。

还行，以大唐平均生育水平来说，她家只是一般能生而已。

没过多久她姐姐就出来迎接我进去，大唐惯例留下吃晚饭嘛。什么你说我不是约了跟哥们喝酒？能问出这个问题的人是不是都单身至今啊？

据说后世有个叫陆小凤的人说过，男人有一半的时间都浪费在了等女人穿衣服上。虽然是至理名言，但是我觉得等一等还是划算的，长得漂亮的人就是比较有特权。等我和她姐姐喝酒喝了几轮之后，她这才换完衣服出来。作为一个钢铁直男，除了好看我也吹不出其他彩虹屁，总之我们是一直喝到大半夜。

然后就是……呃，陆小凤还说过，男人的另一半时间浪费在了等女人脱衣服上。

第二天的时候，天还没亮任氏就把我叫起来了："郑郎你该走了，我家其实是教坊的人，要在南衙那边上班的。天亮就得走，再不出门就要被早高峰淹没啦！"

"那我以后还能再来吗？"

"行呀，就怕你看见教坊第一部的琵琶女就不找我了。"

"那怎么可能！"我回忆了一下琵琶女，啧啧，比任氏真是差太远了，"我今天晚上就来找你！"

其实这个事情如果到这里就完事的话我也不用发树洞了。主要是等我从她家出去之后，坊门还没开，我就打算先吃个早点再走。事就出在这顿早饭上了，大清早的只有个卖胡饼的刚开始做，我为了等坊门开门，坐下跟卖饼的聊天，顺便还能问问任氏的事情。

"老板老板，从这往东走，有个豪华大宅，是谁家的啊？"

前方预警，鬼片现场。

老板："小伙子你可真逗，前面就一片拆迁废墟，哪来的什么大宅哦？"

我觉得老板才是在逗我好不好！我也不能告诉他我刚从里面出来，我只能说我刚才路过的时候明明就看见那边好大一个宅子。没想到这惊喜还是一个接一个，老板好像终于明白我在说啥了。

"哦哦，俺知道了！这边有群狐狸精啊，经常勾搭男人，我都看见好几回了……哇，你该不会也遇见狐狸精了吧？"

讲真，气氛有那么点尴尬。

"没遇见狐仙，这辈子都不可能遇见狐仙，最多看见美女，狐仙什么的听都没听说过！"

嘴上是这么说，不过天亮之后我还是回去看了。大门和院墙倒是都在，但是院子里面全都是荒草废墟。到这儿我就有点慌了，跑回家也没敢告诉我哥们发生了啥。

你以为我这个树洞到这里就完事了吗……还没有！

这么漂亮的小娘子换谁都忘不掉的嘛，而且怎么想她也没有害过我。说出去挺丢人的，那几天我真是每天都想着她。我觉得这应该就是传说中的爱情了，人生能有几个真爱啊，朋友们！当时真是天天都想着再见她一次就好了，可惜那个大宅子再也没有过人烟。

过了大概十来天吧，我在西市逛街的时候看到有家服装店。那真是蓦然回首她在打折促销处，我可真是拼了老命一边喊一边追，感觉自己跟小言片场男主角一样。可等我好不容易追上去，她不仅背着身不看我，还拿大扇子把后背都挡住了！当时她就问我："你不是已经知道我不是人了吗？大家人狐殊途各走各的，你怎么还来找我啊？"

那委屈巴巴的语气，让我瞬间觉得自己真是个渣男，只能拍着胸脯告诉她："我知道了，那又怎么样呢？真爱可以跨种族啊！

"我对你一见钟情再见倾心三笑留情定终身，我对你这么一往情深，你难道就忍心这么抛弃我吗？"

"我哪敢抛弃你呢。"果然，她的声音变得温柔起来，只是扇子依然挡在背后，"我只是怕你嘴上这么说，但看见我之后，总想起我是妖，又要心生厌恶了。"

这一刻她的扇子挡在我们之间，但是我知道，她会在 0.01 秒后，彻底爱上我。

"曾经有一份真挚的爱情摆在我面前，而我没有去珍惜，等到失去了才后悔莫及——我发誓，我看你的每一眼，都如初见的第一眼；我与你的每一天，都如我此生的最后一天。我将永远珍惜你，爱护你，不论疾病与衰老，不论种族与性别！"

"奴家只是跨种族了而已，还没有跨性别呢。"任氏笑着放下了扇子，回眸一笑，艳丽如初，"这世上像奴家这样的狐妖也不是只有我一个，只是您不认得罢了，也不用真当我是什么怪物。像我们这样的非人之类，被人讨厌的原因也就是伤人了，可我是不会这样的……"她想了想，笑得颇为狡黠，"如果您不嫌弃的话，我愿意给您为奴为婢，与您长相厮守！"

情不知所起，一往而深；分手没有理由，总能复合。我已经准备把她纳为外宅妇了——毕竟我还住在老丈人家。

任氏不愧是只见多识广的狐妖，听我说想要安排个住所，直接告诉我东边大树底下有那么一间房子，房租低门面还好；至于生活用品，她建议我找老婆的堂兄弟借一套。

是的，结局就是我们又在一起了，这个树洞的本质是狗粮，祝大家用餐愉快，再见！

——《大唐艳遇树洞·天宝九年八月刊》

大家不用特别在意郑六老婆的堂兄弟是谁，毕竟这篇文章到现在只有三个人出现，他说的不是我韦崟还能是谁。当时我的叔伯都在外地任职，家里一大堆日用品全都放着吃灰。以郑六跟我这种深厚的酒肉朋友关系，我问他借东西干吗的时候，他连想瞒着的意思都没有："最近得了个美人，租房养在外面，所以找你借点家具用品。"

说真的，就郑六这个模样，除了五官都在应该在的位置上以外，他毫无可取之处。不是我看不起他，当初我那个堂妹要不是高度近视，怎么会选郑六这种用颜值诠释何为丑的男人。我当时就觉得，以他这个颜值，他所谓的美人应该也好看不到哪儿去。不过男人嘛，总归很好奇的，我把蚊帐马扎之类的东西借给了郑六，紧接着就叫了个机灵的下人悄悄跟踪他。

我那仆人没过多久就喘着粗气回来了，我看他那模样也不像是热的，倒像是吓的："怎么？郑六真养了个美人做外室？看你这样她应该是挺丑的，把你吓成这个尿样。"

"不不不！"我家那下人可算是顺过了气，"我的天呐，天底下就没有那么好看的人了！"

我当时真觉得我家下人是开玩笑的，我韦家世家大族，姻亲广泛。我韦崟是从小在美女堆里打着滚长大的，见过的美人那是数不胜数。这下人跟着我时日也不短了，没吃过猪肉也见过猪跑，没娶过美人他也见多了美人啊。

"来你跟我说说，她长得大概跟哪个美人一个水平？"

"没得比！见过的都没得比！"

呵我这暴脾气，我就不信了："她是鱼玄机呀还是杨贵妃呀？"

"这都跟她没法比啊！她要是进了宫就没有贵妃娘娘啥事了！"

吹牛皮也得有个谱吧？我觉得我也是有病才举那些莫名其妙的例子，我有个妹子，是吴王的第六个闺女，家族公认的神仙妹妹，这可是我家下人见过的，于是我直接就问了："跟我们神仙妹妹比怎么样啊？"

"不行！神仙妹妹也比不上！"

开什么玩笑世界上能有这种妹子？有这种妹子能看上郑六？我觉得这要么是妹子近视比我堂妹还严重，要么就是想泡我结果走到了郑六家。不管怎么想那都是后者比较合理吧？

好的，我洗个头化个妆就走。

顺便说一句，我连脖子都洗干净了，当然这不是洗干净脖子等死的意思，这是等同于女孩子出门约会时粉底覆盖到脖子的高级礼节，毕竟真男人要在方方面面对美人致以最高敬意。

仆人带我到的时候，刚好郑六出门了。而我进去的时候也没看见什么大美女，就见到一个扫地的小仆僮和一个女奴，显然女奴不是传说中的美人，小童更不是了。这小童也很机灵，我问他这里有没有个美人，他还笑眯眯跟我说没有。

呵，信他就有鬼了，我都看见里面的裙角了。

可等我转头看时，她就缩了回去，怎么看怎么像是情趣的一种。我追进去，她又躲在门扇后面，没办法，我只好请她到明亮处一见。

看到她容貌的一瞬间，我忽然觉得大唐的语文基础教育简直是差劲，不管是郑六还是我家下人，根本没能形容出这任氏美貌的千分之一。

郑六哪里配得上这般的小娘子？我没忍住于是一伸手把人揽进怀里。这么漂亮的妹子不可能眼瞎，所以我觉得她肯定还是仰慕我的。这年头也不讲究什么人权，外宅小妾之流说到底也就是图个新鲜美色罢了，娇美姬妾送人都是常有的事情。况且郑六本来就是我的堂妹夫，我估计他即使说要置办外宅养着任氏，其实也养不起，指不定还高兴把任氏送给我。

我还没嘚瑟完，任氏就拼命挣扎起来。

拼命挣扎和欲迎还拒的区别还是很大的，不过她怎么拼命当然也没有我力气大。她反复挣扎几次后，发现自己的确是胳膊拧不过大腿，忽然就变得面色惨淡，像是等死了一样。

原本该是风流雅事，搞成这样就没意思了，我便问她怎么这副模样，任氏长长叹息，说了一番令我刮目相看的话。

"我是觉得郑六太可悲了啊，堂堂六尺男儿，却连我一个妇人都保护不了，还算什么爷们儿？像您这样的年少巨富，从来只有漂亮姑娘围着您转，我这种庸脂俗粉您看都看不过来。再看看郑六呢，穷得连老鼠都找不到他家米缸，啥都没有就剩下一个我了。这顿顿吃饱的人，怎么还能跟忍饥挨饿的人抢饭吃呢？我是可怜郑六这人没本事又没前途，也养不起自己，吃穿都得靠您给他，搓圆揉扁也是随您喜欢……唉，哪怕他有口糠咽菜能吃饱，也不至于这样了！"

我把妹，我泡吧，我吃喝嫖赌，但我知道我是个豪气干云的好男人。听任氏这么说话，我是真觉得自己人格低劣，立刻放开她，又敛衽为礼："不敢冒犯，是我唐突了。"

也是凑巧，没过多久郑六就回来了，看见我在这一本正经地坐着他还挺惊讶，先出去看了看太阳从哪边出来的。我跟他开了几句玩笑也没久留，只能说郑六找的这女朋友实在是太好，反正他也没钱，以后任氏吃穿住用就全都由我出。

任氏这种别人家的女朋友，最重要的就是情商高。她也经常来我家做客，但是每次留的时间都不会很久。在这里也统一回复一下评论区，不要以你们污秽的思想揣测我们高尚的友谊，发乎情止乎礼懂不懂？玩归玩，但我保证郑六头顶的颜色肯定不是绿的。也就是这种高情商又讲道德的行为，才让我觉得任氏是个好女人，值得敬爱。

我也不知道这该叫投桃报李还是叫知恩图报，总之任氏觉得我对她太好，可她又不打算跟我一起给郑六做帽子，于是便想了个办法报答我。

"我从小在秦地长大，家里其实就是做歌舞表演的。我家很多旁支亲族，都和我一样做人媵妾，尤其是长安本地的，更是相互熟悉了。如果说您想着谁家美人，又没机会深入交流感情，妾身准有办法帮您。您对我这么好，这就是我能给您的报答了。"

大家听听这话，她是把我当什么人了，这可不就是想瞌睡就有人送枕头的好事嘛！关注过《大唐艳遇树洞》的朋友们可能看过某一期投稿，有个心心念念着西市服装店张十五娘的人，自扒马甲，那就是我。张十五娘也是肤若凝脂的大美人，我也很想跟她黉夜谈心、聊聊人生谈谈理想，只是一直没有个搭讪的机会。

"好办，张十五娘是我家表亲妹子，我跟她说两句，轻松就能让您解得相思之苦。"

她说完也就十六七天，我果然就跟张十五娘顺利进行了全方位多层次各种交流。只不过交流过才发现我们不是一路人，过了几个月也就结束了。

任氏倒是一直关注这事情，我跟张十五娘彻底结束了，她又找到我："还有什么您苦思不得的那种人，不妨说出来，让我尽力而为。"

我简直都怀疑任氏是开了天眼的："昨天是寒食节，我跟几个哥们儿一起在千福寺玩，看见刁缅刁将军在殿堂里组织人手，奏乐祈福。那里面有个吹笙特别好的姑娘，二八年华双马尾，那真是艳绝娇媚……这姑娘你也认识吗？"

　　"您说的姑娘叫宠奴，她娘就是我表姐，这事也是能办的。"

　　有种快乐就像龙卷风，这事我就算是求也得求任氏办成。

　　任氏答应之后就开始和刁家走动，过了一个多月，她那边没什么动静，我倒是等得着急了，忍不住问她怎么样了。任氏也不客气，找我要两匹细绢布当贿赂，我自然是二话不说就给了。就这么又过了两天，正吃午饭的时候，刁缅家的仆人骑着马就来找任氏了。任氏听他们点名来请自己，笑眯眯地跟我说，这事又成了。

　　我还是后来才知道的，任氏这通操作是真的厉害。首先她搞了个神秘办法，让宠奴生病，而且还怎么都治不好——赌上我太爷爷的名义，我觉得任氏一定是扎小人了——于是宠奴的娘和刁缅都开始病急乱投医，请了一群巫师。任氏又偷着买通了几个巫师，让他们指着任氏住的方向说这边大吉大利。等到巫师去给宠奴看病，又让这群巫师说："这病不能在家养着，得出去到东南方向某个地方住，采集一点生气。最好是有大树的那种房子。"

　　这刁缅和宠奴的娘出来找了一圈，可不就是任氏住的地方！做戏要做全套，等刁缅和宠奴的娘找上门来，任氏还要推拒一番，说自家地方狭窄住不得外人之类……也差不多是三顾茅庐，任氏这才答应下来。宠奴搬家似的住进来，刚住下，病就好了。没过几天，任氏把小门一开让我进来……嘿嘿嘿！

　　----------【分割线，天宝十年一月更新】----------

　　这回答还有人看吗？刚知道的事情，任氏真是传说中别人家

的女朋友啊！

这是郑六的事情。那几天郑六找我借了六千文钱，因为任氏问他，能不能搞来五六千的钱，她要赚一笔。郑六一向是听她的，而且这小子找我借钱也没什么不好开口的。任氏跟他说的事情也好玩："市场有个卖马的，他的马之中有一匹腿上有瑕疵，你就买那匹带回来。"

虽然我不知道为啥，但是郑六还挺信任氏的话，好像任氏真能未卜先知一样——我记得《大唐艳遇树洞》的内容，但是你们不会真的相信任氏是狐妖吧？谁会信啊？我觉得说任氏是狐妖的言论，肯定是郑六捏造出来骗人的。好吧，这个不重要，总之，郑六是按任氏说的去了集市，果然就看见有个卖马的人，马群中有一匹马的左腿上有一块黑斑。

郑六把马买回去之后，我堂妹家的亲戚都没少笑话他，都说这马品相不好，白送都没人要。但是毕竟花了钱，郑六还是把马养起来了。没过多久，任氏就跟郑六说，这马可以卖了，能卖三万。

这种有瑕疵的马能卖三万，谁敢信啊……

我也没想到郑六他信了，他居然真的信了。更神奇的是居然真的有人出两万钱要买这匹马，最神奇的是郑六还咬定非三万不卖。整个集市的人都劝他，毕竟是一匹劣马，郑六也没花多少钱，这人肯定是有什么苦衷才花大价钱买的，让郑六就从了他……呸，遂了他的愿吧。

郑六坚决不卖，牵着马就直接回了家，而对方一路跟着他，加价到了两万五。郑六咬定了三万，而之前说他买这匹马没用的那帮亲戚又出来说他太贪心。郑六也没办法了，只能按两万五卖给了对方。

郑六把这件事跟我说了之后，我也觉得奇怪。后来还是郑六找人调查了一番，这才知道，原来昭应县有那么一匹御马，腿上有瑕疵，三年前就已经死了。当时养马官为了骗养马的钱，在这匹马死之后也没上报，算一算这些年来，光这匹马的草料嚼用就值六万多钱。这个人出来只要能找一匹相似的马送回去，那六万就都是他的了。他用两三万来买这匹马，其实还能赚不少。

之前应该是说过，郑六比较穷，任氏跟他本人都是我养着的。说起来挺有意思，前段时间任氏也遇到了天底下女人都会遇见的问题——没衣服穿，因此来找我要几件新衣裳。这方面我觉得我比郑六了解女人，买成衣不如直接买彩绸，然后量身定制，这才能做出来最好看的衣服嘛。没想到任氏是个不走寻常路线的女人，非跟我说就要买成衣。

虽然有点奇怪，不过这也不算事儿。我又把家里跑腿买东西的张大喊过来，让任氏直接告诉他买什么样的衣服。张大看见任氏的反应更逗，直接给我跪下了，哆哆嗦嗦就说："不得了啊不得了，这肯定是天上的仙女，让大人您给偷下来的。仙女不能在人间久留啊，大人您还是赶紧把她送回天上，万一招来天谴就完犊子了！"

我知道任氏漂亮，但是小老弟你这反应是不是太夸张了？仔细想想任氏这种程度的大美人，居然只买成衣，又不自己做又不让人量身定制，真有点明珠蒙尘。可能是最近大唐流行方向变了，不讲究女子要精通针线活了？

----------【分割线，天宝十一年二月更新】----------

这两天任氏就要走了，估计以后这帖不会更了。

不是什么生离死别，各位可以松口气。郑六这货走运了，被调到槐里府去当果毅尉，要去金城县上任。大家别忘了郑六是我

100

堂妹夫，之前又没本事，一直住在老岳父家里。虽然他白天能到任氏那边，但是晚上还是得回家，不然被我堂妹知道他养外室的事情，怕不是得把头都给他打飞。郑六也一直记挂着不能跟任氏朝夕相处，现在能当官了他可真是美上天，准备带上任氏一起去。

不过任氏不打算去，还告诉郑六："十天半月也不是很久，您休沐回来，我们小别胜新婚也甚好。您算好给我留下多少吃穿用度就行，我会在家乖乖等您回来的。"

郑六跟任氏说了挺长时间，但是任氏就是不去。郑六也没辙了，这才把我请过去一起游说任氏。我也纳闷啊，跟郑六一起去上任难道不好吗？任氏一向是很有主意的人，我直接问她为什么不去。

结果任氏居然说，是因为有个巫师跟她说，今年她运势不利于往西出门。

……

我跟郑六都笑死了好吗！这都啥年头了她还信巫师呢？巫师说的话能不能信，她还不清楚吗？之前宠奴的事情不就是靠她买通了巫师，她这么聪明的人居然还信巫师的话。我估计她不去是因为郑六这小子没有好马，总不能让这么漂亮的美人跟他出门骑驴。我索性就借了他们一匹，又提前几天在临皋给他们践行。

毕竟接下来半个多月都见不着任氏了，而且以后她都跟着郑六跑，想来见她的机会也不会很多，少了个养眼的美人看，我还真有点遗憾。

----------【分割线，天宝十一年三月更新】----------

我错了，我真的错了，我大错特错。

任氏没了，这次是真的没了，香消玉殒的那种。

昨天郑六休沐回来，也是我迎接的。跟我猜的一样，他回城的时候没带着任氏。本来我只是关心两句，问问任氏最近好不好，没想到郑六一听就哭了，告诉我任氏死了。

我跟他一起哭了好长时间，我才反应过来问他任氏是怎么死的。郑六说是被狗咬死的，我都不敢信。狗再厉害，哪能咬死人呢？

结果郑六才跟我说，任氏真的不是人，她是狐妖。《大唐艳遇树洞》里他说的全是真的，而且就因为任氏真的是狐妖，所以之前买马的事情郑六也是完全相信任氏的。

任氏是在马嵬遇害的，她在前面骑着我借给他们的马，郑六骑着驴跟在她后面，剩下小奴仆在郑六后面跟着。当时西门猎场的人正在洛川训练猎狗，任氏他们路过的时候，这狗直接就从草丛里蹿了出来。任氏是狐妖，见了猎犬吓得直接坠马，变回原形就跑。猎犬看了猎物哪有不追的？郑六一边追一边喊人，到底没救下来。跑出去一里多远，任氏还是被猎狗给咬死了。

任氏死的时候是个狐狸身，郑六也没办法跟猎场的人说这是他外宅妇，反而还得出钱从猎场手里赎回任氏的尸身。郑六不想让她曝尸荒野，决定就地掩埋了她，又削了一根木头插在地上做个记号。等他再去看任氏骑的马时，就见马在吃路边的草，马背上一堆任氏穿的衣服，鞋袜还在马镫上挂着，如蝉蜕一般，只有任氏之前的首饰掉了一地，之前跟着任氏的小女奴也不见了……真是跟梦似的。

我今天跟郑六去了马嵬，找到了他削的那根木头，小坟包我也挖开看了，里面是被狗咬死的一只狐狸。没想到世界上居然真有狐妖，仔细想想，任氏和平常女子唯一的区别，也就是她不动手自己做衣服吧！

太可惜了，现在想想任氏虽不是人，却比人还有情有义。这样的奇女子，说没就没了啊！

【大历年间更新】

本来我不想提年轻时这个伤心事的，但是评论区有人说我编故事，还说我是抄沈既济的。这件事是我在钟陵的时候告诉沈既济的好不好！我堂堂一个殿中侍御史兼陇州刺史我骗你们？

评论区有人问郑六现在怎么样，这里也统一回答一下，现在他当上了总监使，家里也有钱了，光马就有十多匹。

唉，现在马再多有什么用，反正他再也遇不着那个不嫌弃他骑驴的任氏了！

改编自沈既济《任氏传》

论如何挽救高富帅，走上人生巅峰

（记者：白行简　翻译员：沈吉祥）

1.转角遇到爱

天宝年间，常州有位刺史叫荥阳公，至于姓啥名啥，咱也不知道，只知道他家大业大，名声响亮。老爷子是顶天立地一棵不老常青松，在当地很有威望。

荥阳公晚婚晚育，小六十那年他儿子才二十岁，那小公子长得，模样贼俊，好看也就算了，还非常聪明好学，简直就是传说中的"别人家的孩子"。

荥阳公对这个儿子更是爱得跟自己眼珠子似的，恨不得揣在兜里到哪儿都带着，碰到老街坊必然放出来展示："看，这是我的仔！千里马一样百年一遇的人才！来乖仔，给你赵大爷原地表演个诗朗诵！"

一来二去，小公子在当地也是时时上热搜的人物，想让人忘记都难，可巧郡县要呈报进京参加秀才科考的推荐名单，当地官员不假思索就把小公子推荐了上去。

这下把荥阳公给高兴坏了，当晚亲自打点衣物若干、珍宝若干、车马随从若干、来回路费若干，打点完了把儿子叫到跟前："仔啊，爸爸对你的才华非常有信心，你去了悠着点考，当个第一就可以了，别把同届考生落下得太难看，否则容易被打。"

小公子："知道了爸，我到时候闭着眼考还不行吗？唉，如果优秀是种罪，那么我已罪不可恕。"说完便要走。

荥阳公："你就这么走了？都不说舍不得爸爸。"

"我用不了多长时间就回来了。"

"哦。"荥阳公道，"忘了跟你说，为父给你准备了两年的费用，还给你准备了额外的零花钱，方便你出去浪……"

话还没说完就被抱了个满怀，小公子情深意切："我突然发现自己好舍不得你啊，我亲爱的爸爸！"

荥阳公："……"

就这样，小公子带着爸爸爱与钱的关怀，兴冲冲上了路，从老家毗陵出发，差不多走了一个月，到了长安，住进了布政里。

这一趟进城，小公子就如同进了大观园的刘姥姥，虽然自己是个富二代，但家里到底地方小，不及一线城市长安繁华的十分之一，所以他看哪都新鲜，这吃吃那逛逛。

有一天他逛完东市，穿过平康里的东门，想去约下住在西南边的新朋友。

途经鸣珂巷子，一处宅子忽然吸引了他的视线。

这栋宅子面积不大，但是看上去十分干净，走的是简约仙女风。

小公子踮起脚尖从半开的门朝里望，但见香风细细，有个姑娘靠着丫鬟站在那里，丫鬟梳着一对花苞头，非常时尚。而那位姑娘，一眼望去，姿容绝世，世间罕见，简直叫人见之不忘，思之如狂！

小公子顿时拔不动腿了，呆呆对着她看了半天，在人家门口徘徊来徘徊去，就是舍不得走。

跟着他的小厮是个实在孩子，提醒道："公子，你马鞭掉了。"

他看着小姐姐目不转睛："我知道。"故意的，为了拖延时间。

"公子，你马鞭掉了。"

"我知道。"

"公子，你马鞭掉……"

"我知道！你不会帮我捡起来吗？"

"我倒是想捡，可您一直拿脚踩着我怎么捡？"

"……"

那姑娘被他瞅着也不恼，不但不恼还跟他对瞅，目光之中透着绵绵情意。

这下反倒把小公子瞅得不好意思了，想要个联系方式的话尽数憋了回去，红着脸跑了。

2.报告，这里有人偷偷谈恋爱

小厮发现他家公子变了，从前只爱诗朗诵的公子现在情歌不离口。不仅爱唱歌，还整天魂不舍守，到处跟人打听那姑娘的姓名爱好，有朋友告诉他："那是娼女李氏的家。"

小公子一听，两眼放光："太好了，我要用钱打动她！"

"难。"朋友道，"李娃姑娘可不是一般的娼女，她家本身就很富有好不好？从前跟她交往的人哪个不是贵族土豪，他们给钱的方式就跟撒钱一样，反正没有一百万两银子你估计打动不了她。"

小公子："一百万算什么，我只怕打动不了她的心。"

皇历上说这天宜嫁娶，被坑，上门挨宰。

小公子选了这天打扮好，带领了很多仆从充排面，浩浩荡荡去到李姑娘家门口。

一个小侍女出来应门，小公子故作不知，佯装问道："哎呀，这是谁的家啊？"

小侍女看了他一阵，也不答话就往回跑，边跑还边喊："小姐，那天故意在咱门口丢马鞭子的小哥儿来啦！"

小公子："……"

李娃听了小侍女的话很是开心，答道："你先叫他在外头等等，我化个妆。"

小公子在门口听了高高兴兴，心里的蜜快溢出来，由着侍女把他引到照壁旁等候。

那里有个花白头发的驼背老太太坐在马扎上晒太阳，眯着眼睛打量他，眼神充满了敌意，仿佛丈母娘看女婿，越看越不满意。

没错，这小老太太就是李娃的娘，又称妈妈桑。

小公子连忙给老太太请安作揖："听说府上有几间空房子可以出租，我……我单纯是来看房的。"

老太太瞥了他一眼："你要租吗？我们这里房子不咋地，只怕公子住不惯，怎么敢说出租呢？"

说完领着他来到堪称华丽的客厅，和他面对面坐下，近距离观察他好一阵，才慢慢道："老身有个小闺女，长得还行，略有才艺，喜欢交朋友，你们年轻人可能有话说，我叫她出来见你。"

小公子点头如捣蒜："好呀好呀好呀。"

李娃从屏风后缓缓走出，她的皮肤像雪一样白，嘴唇像血一样红，头发像乌木窗框一样黑，举手投足之间透着四个大字："我是仙女。"

小公子连忙站起来，根本不敢看她，只是傻笑："嘿嘿嘿嘿嘿嘿嘿嘿……"

旁边老太太好想给他个毒苹果，看看他会不会吃下去。

此时此刻的小公子又犹如刘姥姥附身，看李娃如同看见大观园里的众多小姐姐。众多小姐姐的优秀集于李娃一身，是他从没见过的美丽。

李娃跟他坐下聊了几句，给他斟茶倒酒，用的餐具都十分干净讲究。

幸福的时光总是过得飞快，眨眼就是暮鼓声声，夕阳西下。

老太太看看时间差不多了，站起来道："行了孩子，你妈该喊你回家吃饭了，你住的离这里……"

小公子："远远远，我住的离这里特别远，根本赶不回去！"就差把"留下我吧"写脑门上了。

老太太："……"活这么大年纪没见过这种戏精孩子，于是她又道，"好的孩子，所以你该走了，再不走要犯夜禁了。"

"是啊是啊，我今天跟您和姐姐相谈甚欢，不知不觉竟已经到这个点了，这时候也出不去城了。我在城中又没有亲戚，这可怎么好？唉，你们不用管我，让我这个外地人独自感受一下大帝都的冷漠吧，千万不要收留我。"话是这么说，眼睛却巴巴瞅着老太太。

李娃见状笑道："你不是要在我家租房子吗？既然回不去了，先留宿一晚问题不大，是不是妈妈？"

"行吧。"老太太还能说啥。

小公子闻言，连忙叫随从拿出布匹来当晚饭钱，被李娃当场拒绝："你是客人我们是主人，招待你是应该的，只要公子不嫌弃我们家里的粗茶淡饭就好，其他的以后再说吧。"

108

说话间带他往西厢房去，房中帷幕低垂，床榻具备，枕头被子一应奢华精致。

底下人端上美味佳肴，点了蜡烛，小公子就座，兴奋拍手："妈呀，烛光晚餐！"

李娃听了红着脸。

老太太听了黑着脸。八成黑脸影响食欲，她很快吃完自己那份就走了，剩下李娃和公子两个。

家长不在，席间氛围顿时轻松。

公子搬着自己的椅子挪挪挪，挪到李娃身侧，给她讲冷笑话，逗得李娃花枝乱颤。

灯下看美人别有一番风情，公子呆呆望着她："我对小姐姐可以说是一见钟情，那天见了你，你的身影就刻在了我心里，我回去以后茶不思饭不想，只是想再见你。"

李娃："那你方才干了三碗白饭？"

"……"小公子，"那个，不是因为你在身边嘛，小姐姐秀色可餐。"

李娃笑道："俺也一样。"

这就算互相表白了，小公子两眼亮晶晶："所以我到你家来，其实租房子是一方面，更多的是为了与你亲近。"

正说着，老太太悄无声息地进来了："可叫我逮着了！你俩说啥呢？"

偷偷谈恋爱被抓个正着，小公子连忙站起来，磕磕巴巴地道："说、说您家的饭好吃嘞！"

"拉倒吧。"老太太道，"当谁看不出来你俩在谈恋爱似的。"

她说着叹道："小儿女家家，郎情妾意，谈个恋爱也正常，不过我家女儿资质愚钝，恐怕配不上公子。"

小公子当时就给她跪下了："妈妈说的哪里话，是我配不上小姐姐，我愿意给小姐姐为奴为仆，给您当牛做马，只求不要赶我走。"

老太太迟疑地看着他。

小公子接着举手表示："另外我还有万贯家财，可以为了小姐姐散尽也不后悔！"

老太太立即扶起他："傻孩子，叫什么妈妈，还不叫丈母娘！"

"啊？"幸福来得太快它就像龙卷风。

这阵龙卷风不但来得快还刮得很生猛——当天晚上公子就把他的行李一股脑儿搬进了李娃闺房，删除了一干亲朋好友，满心满眼只有李娃一个，和她过起了小日子。

从此以后，他每天带着李娃吃吃喝喝买买买，俗话说：爱一个人就是为她花钱，买首饰买衣服买化妆品……

很快荷包里的现金花完了，他就把车马卖了，卖车马的钱花完了，他就把随从卖了，渐渐地，他越来越穷，开始考虑卖自己的可能。

凑合过了一年，老太太对他越来越怠慢，李娃对他的感情却越来越深厚。

3.城里套路深

这一天，李娃对小公子说："咱俩处对象也处了一年了，我想给你生个大胖娃娃和你好好过日子来着，可惜老怀不上，听说竹林那边有间神庙，有求必应十分灵验，不如你跟我去求个子？"

小公子不知道这是他那便宜丈母娘和李娃给自己设下的套，异常高兴。

他把身上唯一珍贵的衣服拿到当铺里去押了，准备了丰厚的祭礼，同李娃一起前往传说中的神庙祭拜，在外头住了两宿才往回走。

李娃的马车在前头，小公子骑驴跟在后头，他如今连马都骑不起了，再也不是当日那个信手丢马鞭试图引起小姐姐注意、神采飞扬的少年。

李娃掀开车帘，从缝隙里偷偷看他，不知不觉叹了口气。

小公子立时跟上去："你怎么了？"

李娃强颜欢笑："没事，你看见那条路了没有，那里向东转过一条小巷，就是我姨妈家了，你陪我去看看她，顺便在她家歇歇脚，好不好？"

"你姨妈好相处不？"

"还行。"李娃想想道。

走了一段路，一行人来到一处大宅前，这宅子看着宽敞，档次还挺高。

公子下了驴，听见李娃的侍女兴奋道："我们到啦。"

里头有人闻声出来问询："来者是谁？"

侍女答："李娃。"

一听这个名字，里头便走出来一个四十左右的妇人。妇人跟小公子互相打量一阵，讥笑道："哟，上次我家大侄女带来的小哥哥骑的好像是宝马。"

小公子："……"

姨妈不动声色转移话题："我家李娃呢？"

"姨妈我在这里！"李娃从车厢跳下来，跟姨妈拥抱见礼。

妇人道："有了相公忘了姨妈，你可是许久不到我这里来了。"娘俩寒暄一阵，眼神一对，相视而笑。

小公子也不知道她俩在笑什么，反正李娃一笑他也跟着笑。

几个人互相行完了礼，就相携进了宅子，从角门走到偏院，院中有山有树有小瀑布，草木葱郁装修顶级，小公子略感惊奇："这是姨妈的私宅吗？"

想不到姨妈还是个富婆。

姨妈对他神秘一笑，并没有正面回答，反而顾左右言其他，一会儿问他能不能吃辣，一会儿问他年纪，听闻他会唱歌还会讲冷笑话，表示非常稀罕他。

不一会儿下人摆上水果瓜子，都是小公子没见过的稀有品种，姨妈边吃边叫他再讲个冷笑话，讲到一半，有个仆从骑着大马慌慌张张进来了，汗流浃背地对李娃道："不好了，你妈妈得了急病，这会儿眼看着人都不认识了。你快点回去看看吧！"

李娃慌张起立，看着姨妈，不敢正视公子："怎么办怎么办，我这会儿该怎么办？我我我……不行我就先骑马回去，到家后再叫人把马骑回来，到时候你和公子套车去吧。"

公子："我……"

姨妈打断他："就这么办，大侄女你莫慌，路上慢点注意安全，你放心，侄女婿会照顾好我的！"

李娃就走了。

公子："其实我……"可以跟着一起回去的。

姨妈跟一旁的侍女耳语吩咐几句，转过头来横他一眼："你什么你？你还是不是个男人了，临到有困难了一点用都没有，就会唱歌讲笑话！"

公子："……"

姨妈你是不是变脸变得忒快了点，你这样李娃她知道吗？

劈头盖脸一顿训，姨妈看差不多了，语气便缓和了一点："李娃她妈怕是不行了，你这时候应该在这儿跟我一起商量商量怎么给她妈办丧事，而不是跟着李娃回去添乱，知道不？"

公子："知道了……吧。"

"知道就还是姨妈看中的好少年，来，让我们看看你还有多少钱，不是，让我们看看风光大葬需要多少钱。"

"……"

小公子掏光了身上仅有的钱，但天都黑了，还不见李娃回来。

眼看着姨妈都着急了："我大侄女怎么还不回来？要不侄女婿你先去看看，我随后赶来，来人啊，给公子备马。"

公子恍恍惚惚："这不是有多余的马吗？那刚才……"

啊，一个兴奋差点露馅，姨妈捂着嘴，面不改色继续编："啊对，我家这么有钱但好像确实没有私家马，这可咋整，要不你先腿儿着去？"

"……"公子担心李娃，顾不上太多，就先骑驴走了。

等他百米冲刺赶到李娃家，只见整座宅子空空如也，门窗都用泥巴封了起来，看泥巴的干湿程度，怕不是封了一两天。

小公子虽然人傻钱多，但是也要看对象是谁，没了李娃，他智商渐渐回升，心中隐约有了个不好的猜测，急忙去问了问隔壁邻居："王大爷，您知道李娃母女俩去哪里了吗？"

大爷耳朵不好使："什么李什么娃李什么娃？"

"你走错片场了，大爷。"

"哈？"

"您听诗朗诵吗，大爷？"

"那倒不用。"大爷飞快地说道，"李娃母女两天前就搬走啦，这原本不是她们的房子，而是租的，一到期自然不住了，没看房东都把门窗封起来了吗？"

"那您知道她们搬去哪里了吗？"

"啊？什么里脊？我不吃里脊。"

"算了大爷，您歇着吧。"

敢情这听力还是间歇性的。

叫大爷这么一耽误，天色也晚了，公子又气又急，本来想回姨妈住处质问一番，眼下只好先找了家小破旅店，脱下自己衣服换了点吃食，将就了一晚。

他心中五味杂陈，竟是一夜未合眼，好不容易忍到天蒙蒙亮，便骑着小毛驴一路狂奔到了姨妈家。

"有人吗？开门哪开门哪，姨妈你有本事糊弄人，你没本事开门呐，别在里面不出声，我知道你在家！"

"吵什么吵？"有个管家模样的人出来喝道。

公子连忙问："姨妈在吗？"

"姨妈没有，姨父在此，兀那小子要作甚？"

"我不信！一定是她躲起来了，你快叫她出来跟我对峙！"

那人五大三粗，见他如此没礼貌，拎着他领子把他甩出老远："叫什么叫，男高音了不起啊，告诉你这是崔尚书的私宅。昨天确实有个女的租了一天，说要等个远房表亲，不过不到傍晚就走了，你要号上别处号去！"说完关门放狗。

至此，小公子就是再傻也明白了。

4."忧伤男孩"正式出道

小公子急火攻心，又不知道该怎么办，他是第一次喜欢一个人，没想到会从什么都有喜欢到孑然一身，只好先回从前的布政里去。

主人家同情他，给他饭吃，可他心中怨恨难消，委实吃不下，不到三天就病了。

眼看越病越重，主人家怕他死在自己家里不吉利，就把他送到了义庄等死。

他奄奄一息躺在义庄里，那里的人看他可怜，主动跟他搭话："小公子你从哪里来呀？"

"你为什么躺在这里？"

"你家人呢？"

"看你年纪轻轻的，你娶媳妇了没有？"

"……"扎心了老铁。

过了一阵又有人来给他喂饭，还是轮班制，这里死尸比活人多，好不容易来了个还喘气的，大家都觉得他还能抢救一下。

小公子带着大家的爱与希望，渐渐地恢复了一些，主要是他再不恢复，有个跳大神的大婶就要试试给他灌童子尿了。

他一天天地好了起来，拄着拐杖能帮义庄里的人做些活计，赚点工资好歹能养活自己。

过了几个月，小公子慢慢恢复了健康。

在义庄的日子安稳而宁静，要说有什么特别，就是每天都有人死去。家人来办丧礼，丧礼上必然雇人唱葬歌。

他听着葬歌，感觉自己还不如一个死人，毕竟死去的人尚且有人惦记，而他不仅没脸回家，还被心爱的人坑骗抛弃。

人生好艰难，他总算知道了什么叫作哀莫大于心死。

那哪里是葬歌，明明是为他而唱的歌。

掌柜听见他这句感慨，试图安慰。这时候他已经改名换姓，给自己起了个艺名叫作"忧伤男孩"。

于是掌柜道："小忧啊，你不要想太多，人家这其实就是给死人唱的歌。"

小公子："我不管我不管，我就当是给我唱的！"

掌柜看他不听劝，就去忙自己的事了，留下他自己抱着膝盖遥望远方，不自觉跟着哼哼。

很快小公子发现一件事：这葬歌有毒，唱着上瘾且非常洗脑。

唱歌本来就是他的强项，加上他聪明，很快就被"大唐好声音"节目组发掘，一唱成名，整个长安城都知道有个唱葬歌的种子选手，艺名唤作"忧伤男孩"。

本来吧，这城里开义庄的就两家，一直暗暗地较劲要把对手搞垮独揽生意。

东面这家的优势在于他们办丧事的器具，像纸人什么的扎得好看又结实，就是缺个会唱葬歌的大佬。

而西边的那家啥都一般般，但掌柜高薪聘请了一位乐坛老将，唱出了话题度，生意异常火爆。

东家掌柜的知道了小公子葬歌唱得好，特意跑到义庄来挖墙脚，还找了个退休的同行老前辈来指点他，偶尔给他唱个副歌合个音什么的。

这天东西两家掌柜又闲得心痒，相约出来摆擂台比赛顺便打一波广告："要不你我两家把擂台摆在天门街，比一下新款丧事用具，谁输了谁掏钱请客吃酒怎么样？"

这主意是西家掌柜提出来的，其实他没存啥好心，明着比用具，实际上就是想戳一下对家的软肋，好叫大家知道他们家的葬歌唱得有多难听。

谁知道东家掌柜满口答应。

于是双方签了合同，相当于板上钉钉。

这种情况怎么可能少了吃瓜群众，本来平时娱乐活动就少，大家就更乐于看个热闹。当地保告诉捕快，捕快告诉屠户，屠户告诉挑担小贩……口口相传，到了正式比赛这天，万人空巷，大家都挤出来吃最新鲜的瓜。

第一回合：

两家各展示办丧礼用的器具，什么车啦轿子啦童男童女啦，果然东家胜过西家。

但是西家掌柜丝毫不慌，他的大杀器在第二回合。

第二回合：

不知道啥时候擂台东南角又搭起一座高台，有个白胡子老头举着大铃走上台，后头还跟着好多粉丝。他精神抖擞，气场十足地站定，拿出自己乐坛老前辈的架势，唱了一首葬歌，名叫《白马》。这是老先生当年出道时候的成名作，轻易不拿出来显摆，一显摆必然把其他选手秒得体无完肤，几十年来从无败绩，这次之所以拿出来唱，全因为西家掌柜给的劳务费多。

果然他这一亮嗓，立即换得欢呼撒花无数。

一切全在老爷子的意料之中，他负手而立，"我就是第一不服来咬我啊"这句话他已经说倦了。

这时东家掌柜也在自家擂台的东北角设了个台子，一个年轻人羽扇纶巾，打眼一看颇像当年全亚洲偶像小周瑜，颜值逆天。

当然这人就是小公子。

他身后的粉丝不多，统共四五个，可是一点也不怯场。只见他缓缓拾级而上，整理整理衣摆、清了清嗓子，纵歌一曲震撼全场，他唱的也不是什么名曲，只是一首普普通通的《薤露》。

但是有句话说得好，淡极始知花更艳啊同志们，越是简单的东西越难以驾驭，尤其配上小公子自身情绪饱满的神情，充分表达了对于逝者的哀伤，非常真实不做作，还没唱完就凭借强大的感染力引得全场观众流泪，引起一番轰动。

人们简直不敢置信，惊讶地望着这颗乐坛冉冉升起的新星。

老爷子被他秒得体无完肤，连同西家掌柜也觉得没面子，灰溜溜留下赌资，拉着老爷子跑了。

5.你唱歌的样子真像我儿子

在此之前，当今圣上刚下了诏书，号召各地部门领导来京城开会，名曰"入计"。

公子他爸荥阳公也在其中，他来到帝都以后换了身便服跟同僚出来逛街，正好碰上了这场擂台赛。

随行的仆从中有一位是小公子奶娘的老伴，围观之时瞧这个艳压全场的年轻歌者怎么看怎么眼熟，但是又不敢上前去认，若是认错了岂不是又要空欢喜一场，于是只好自己默默垂泪。

荥阳公见了，惊讶道："戏过了嘿，虽然感动但是也不至于这么感动吧？"

老仆从道："老爷您不知道，我看上头唱歌的年轻人，长得好像公子啊。"

"不可能，我儿子已经音讯全无一年多了，不是说他在去科考的半路上遇到劫匪被打死了吗？"老爷情绪激动，说着说着也开始老泪纵横。

"要不我去确认一下？"老仆道，"万一……"

"没有万一。"荥阳公一锤定生死，"我家好歹也是名门望族，书香门第，我儿子怎么可能在上头抛头露面地卖艺！"

他们回去之后，老仆还是不死心，偷摸返回来，找了个当地人问："刚才唱歌的小伙子是谁啊，唱得真好听。"

那人看他也是个粉丝，连忙热情给他介绍："那是歌坛男神'忧伤男孩'啊，你要不要跟我一起快乐追星？"

老仆不懂追星那点事，一听他家公子也不是叫这个名，心先冷了一半，转身欲走，不想跟小公子撞了正着。

老仆震惊："你你你……"

小公子转身就跑："认错人了！不是我我不是！"

老仆出手如闪电，抓着他袖子道："你就是你就是你就是！公子哇啊啊啊啊！"两人当街抱头痛哭。

围观众人："……"

最后老仆赶车将小公子带回了落脚的旅舍。

荥阳公一见儿子，脸都绿了："丢人现眼，竟然当街卖唱，我没有你这种不争气的仔！"

越说越气，拎起马鞭子狂抽他的仔，从屋里打到屋外，从城里打到郊外。

老爷子在气头上谁也拦不住，从前对小公子饱含多少期望，如今就有多少失望。何况李娃好歹也是长安城里的名人，他来了以后焉能不听说一些小道绯闻，再结合儿子如今的惨况，也明白了七七八八，那叫一个恨铁不成钢。子不教父之过，恨不得将这败家玩意儿打死才好，权当没生过，回家赶赶趟，还能生个二胎。

想到这里，下手愈发重，一直追着小公子抽到曲江以西杏园以东，还扒下他的衣裳打，直到打得他动弹不了，才扔下他走了。

当时小公子被一个莫名其妙跑出来的老头拐走，教他唱歌的师父便有点不放心，偷偷派了个小厮跟着他。小厮一路看见小公子被自己老爸花式吊打，形容凄惨，赶紧小跑回去告诉大家。

一颗大唐乐坛新星冉冉升到半路就被打了个半死，众人很伤心，合力将小公子抬了回来，眼看他只有出的气没有进的气了。

也不知道是谁想了个法子，折了根芦苇管子给他往嘴里灌药灌汤水，忙活了一夜，好歹吊住了他的小命。

别的不说，就发明吸管的这位大兄弟，本文译者觉得他前途不可限量。

小公子挺尸一个月，勉强能拄着拐杖下地活动，但他手脚仍然不能举太高，全身鞭痕也没有得到及时救治——毕竟大家都兮的得叮当响，救回他的命已经不错了，谁也没有多余的钱再给他治伤。

于是他伤口多处都溃烂发炎，开始发臭。

这下连同伴都嫌弃他，也不管他是不是偶像了，趁着天黑把他扔出门，纷纷弃他而去。

他在哪里倒下就在哪里挺尸，路人有可怜他的就随手扔点吃的给他，没有他就饿着。我们的男主角在情路受挫后，又充分体验了一把什么叫作一夜爆红一夜凉凉。

没变态都算他意志坚定了。

凭着坚定的意志，他硬生生撑了下来，一百天后，小公子由一个残废乞丐升级成了能行走的乞丐。

有句话怎么说的来着，"天将降大任于是人也"，必先派仙女诱之、坑之、碾压之，老父亲往死里揍之、同伴弃之……方能脱胎换骨从头再来，今日你看我不起，明日我让你没眼看。

所以咱们要对小公子有信心，小公子站起来！你可以。

站起来的小公子开始了他的乞讨生涯。

6.爱的魔力转圈圈

屋漏偏逢连夜雨，这天雪下得很大，纷纷扬扬往人脸上刮。

小公子饥寒交迫出来乞讨，从前唱丧歌的感染力还在，乞讨声格外凄惨，催人泪下，但是由于天气太冷，没人愿意出来施舍他。

他只好一边扶着墙走一边敲碗惨叫，一路走到安邑里东门，走过七八户人家，有一家大门半开半掩。

这个场景很熟悉有没有，想当年小公子鲜衣怒马邂逅佳人时，佳人可不就是站在半开半掩的门后吗？

由此可以得出结论：这是李娃家。

但是小公子不知道，他只是单纯来乞个讨："可怜可怜行行好吧，有没有人想要听诗朗诵啊，我快冻死啦我快饿死啦！"

声音之凄惨，可以拿去配聊斋，听之令人毛骨悚然。

李娃在屋里听了，首先反应过来："这是公子的声音！"

侍女道："不能吧，小姐你肯定听错了，哪能那么巧？"

"错不了，"李娃笃定道，"就这个感染力，肯定错不了。"

说着抢出门，差点跟小公子撞个满怀。

公子已经不是从前的公子了，他瘦得皮包骨，浑身长满疥疮，活像现从哪个坟头里爬出来的。

李娃无比震惊："你是 X 郎吗？你你你怎么把自己搞这么惨？"

李娃她其实没想着会把小公子害这么惨，她原本以为不外乎骗他点钱，反正他家有的是钱。一见之下哪里还能忍得住，她连忙将人抱在怀里，扶回家。小公子见了她，一个急火攻心差点没晕过去，连句话都说不出来。

李娃哇哇哭："对不起，害你不是我本意，但是你今日变成这个样子我有不可推卸的责任，求你让我照顾你。"

她哭得肝肠寸断，比小公子晕得还快。

李娃妈妈听见动静跑出来看："咋了咋了？这是个什么玩意儿？"

李娃："妈妈你不认识了吗？这是小公子啊。"

妈妈桑："这个熊样我为什么要认识他？快撵走撵走。"

李娃怒了："妈妈你怎么能这么说呢，他如今变成这样难道不是我们联起手来坑他害他的结果吗？"

"想当初，他带着金银财宝高头大马来找我，你看他人傻钱多就同意他留下，先引他上套，后米乂骗光他的钱，令他遭人唾弃。看他现在这样子，多半连他家里人都不要他了，人家父子血缘，天性使然，如今却因为我们生了嫌隙，妈妈你这么做良心不会痛吗？难道就不怕被雷劈吗？请你离我远一点，到时候打雷劈你不要连累我。"

老太太才不在乎会不会被雷劈，反正收留个乞丐在家吃白饭绝对不可能，一连声叫李娃把小公子扔出去。

李娃见动之以情不行干脆来硬的，铿锵道："妈妈你怎么不想想，小公子家大小也是官宦世家，若是他家人当真追究起来，何愁查不到我们头上，你这些年偷税漏税还诈骗，哪一条不够你喝一壶的？"

老太太瞠目结舌，她再强悍也不过是小老太太，也是怕吃官司的。

李娃口气又软了下来："你收养我做你女儿已经十年了，这十年来的养育之恩我愿意折现报答你，但是我要离开，你也不能拦我。你如今年纪大了，我会和小公子找个不远的地方安顿，方便照顾你，将来还给你养老，行不行？"

她去意已决，老太太不答应也得答应了。

于是李娃当真给了她十年的抚养费，剩下不足百金自己拿着，带着小公子另找了一处院落住下。

抚摸着他一身伤痕，李娃眼泪簌簌而落："对不起，都怪我不好，我会补偿你的。"

其实她先前跟老太太决裂的那番话小公子都听见了，一时间他也不晓得心里是个什么滋味，李娃于他，是白月光、红玫瑰，是心头的朱砂痣，是初恋的棒棒糖。

人家姑娘如今也算孑然一身，心甘情愿放弃优渥的生活跟着他吃苦，还一点也不嫌他身上臭。

气若游丝的小公子在心里叹了口气，他想，等自己好起来，就再给她讲个冷笑话吧。

一点也不想让她哭呢。

7.小公子的满血逆袭

李娃说到做到，她给小公子洗澡、做衣服、熬粥，还给他买山珍海味补身体，反正什么好就给他什么。

在她的尽心照顾下，小公子很快好了起来。

过了一年左右，他就又开始活蹦乱跳了，同时跟李娃之间不仅没有了芥蒂，恩爱还更胜从前。

李娃看他身体恢复得差不多了，开始思考恢复他的抱负："我觉得你从前的功课该捡起来了，你还记得多少？"

"……"小公子，"十分之一吧，但是我会诗朗诵、讲冷笑话，我还会唱丧歌，我靠这个养你不行吗？"

"你说呢？"

"好像是……不太行。"

李娃牵着他的手："走，上街买书和复习资料，准备冲刺科考。"

小公子乖乖任她牵着走，她坐车他便骑马跟在后头，一起去"洗劫"书店。

书店外，老板和小公子蹲在门口瑟瑟发抖，偷瞄里头以指点江山气势买书的女人。

老板捅捅小公子："你家婆娘要疯啊。"

小公子："嘿嘿嘿。"

老板："……"

敢情这哥们是个傻子，傻子和疯子，倒也般配。

他又道："你怎么都不管管？"

"不管不管。"小公子豪爽摆手，"我娘子想买啥就买啥，我都给她买。"

"除了这本和这本不要，其他都包了。"李娃指挥小厮们搬书之余回头道，"是我给你买，你有钱吗？"

"……"小公子不好意思地笑笑，"对，确实，我在我们家负责貌美如花。"

他俩搬空了书店，书装了一车，花了整整一百金。

事实证明，李娃不仅拥有着红袖添香的美貌，还有着麻辣教师的附加技能，每天拿根小棍在旁监督小公子读书，一看他分心就敲他，一看他分心就敲他，实在不行就亲他。

小公子："……"这谁能顶得住。

李娃每天睡得比他晚起得比他早，有时候熬不住伏在桌上睡着了，小公子总会偷偷跑过去，看她投在灯下的剪影，浓密长睫一颤一颤，引得他心中那只小鹿也跟着疯狂踩点。

小公子捂着心口想，得妻如此，夫复何求哇？

在李娃爱的鼓励与鞭策下，不到两年，小公子差不多复习好了，从前那个骄傲到随时能起飞的小公子眼看着又回来了。

小公子神采飞扬，问李娃："怎么样，我现在可以去报考了吧？"

李娃思忖半晌："不行，为了保险起见，你再沉淀沉淀。"

于是他又沉淀了一年，把从前那股自负劲儿也磨得差不多了。

小公子已经是个成熟的大老爷们了。

李娃道："现在可以了。"

这一年，小公子果然轻轻松松考了个第一。

考卷传到礼部，即便是老前辈看了也赞不绝口，惊艳得各位老大人都想把女儿嫁给他，就算没有女儿也要制造女儿嫁给他。

谁知道这个傻小子杵在那里只是摇头："我已经有心上人啦！"把老大人们气得够呛。

但是李娃却说："你现在这样还不行，旁人若是到了你这地步，确实够资格骄傲了，但你不可以。你从前有黑料和前科，旁人都等着看你笑话呢，你必须比从前更努力更优秀，才能让别人信服你。"

小公子猛点头，更加勤奋刻苦，在学子中名声越来越好。这一年恰巧赶上科考大比之年，四方学子都可以应考，小公子报了个"直言极谏策"，考试成绩一下来，又是第一，很快被封为成都府参军。至此，三公以下的各位大臣，都想跟他做朋友。

8.爸爸，你的名字叫善变

小公子要去赴任，兴冲冲在家收拾行李，说到了地方就带李娃吃火锅。

李娃道："我就不跟你去了吧，你如今恢复了从前的辉煌，我也该功成身退了，妈妈那里还等着我回去给她养老呢。"

小公子："……"

他万万没想到李娃会说出这种话来，呆呆地道："你要对我始乱终弃了吗？呜呜呜呜……"

李娃："憋回去！"

小公子："呜……"

李娃无奈道："从前欠你的我都还清了，你就不该再同我这种人纠缠，该娶个名门大户的淑女，好好过你们的日子去，将来她替你管家，替你生儿育女，对你嘘寒问暖，你们相互敬重锦瑟和谐，不好吗？"

"不好。"小公子哭着道，"我说的冷笑话她们都听不懂。"

李娃："……"

小公子："还有我不允许你这么说自己。"

李娃："……"

小公子眼泪哗哗的："我哭了，我真的哭了，你看我的悲伤逆流成河。"

李娃："我又不瞎。"

小公子："那你为什么还不来抱抱我？"

李娃开始检讨自己平时是不是太给这货脸了。

小公子继续道："总之我不管，你要是抛弃我，我就找根绳去自杀。"

"好吧，"李娃妥协，"那我送你到渡江，到了剑门务必放我回来。"

一个月以后，剑门。

李娃黑着脸："你能把我的手撒开吗？我要回长安。"

小公子头摇成拨浪鼓："不！"

"撒开。"

"就不！"

正僵持不下，被塞了一路狗粮的仆从捂着眼过来递上文书一封。

小公子一看，乐了。

李娃："文书上说的什么？"

小公子："说我爹从常州奉诏入朝，被封为成都尹兼剑南采访使，眼下正往这儿赶呢。"

几天后，荥阳公来到了剑门，诡异地发现早已有人在驿站中等他，他开始还纳闷，自己在这边也没有什么亲戚，是哪个如此热情？

接过小公子拜上的名帖一看，荥阳公的表情如同见了鬼，核对了对方的家庭背景和个人履历后，他更加吃惊，奔下台阶，果然在门外看见了本应不在世的亲生儿子。

父子相见，分外感人。

俩人抱头哭了好久，荥阳公的大手始终贴在当初打自己仔打得最狠的那个地方，泣道："咱们父子俩和好吧。"

父子之间没什么隔夜仇，当下携手进屋喝茶吃瓜子。

小公子把自己这些年的经历说了，荥阳公非常惊讶，立即问道："李娃现在在哪儿呢？"

小公子："她送我到了这里，说是要回去……"

话没说完，被他爹兜头一巴掌："你个废物点心，这么好的姑娘你竟然没有死皮赖脸地留下她！果然关键时刻还得靠为父。"

二话不说叫来随从，用闪电般的速度，先给李娃安排了个住处，定下三聘六礼，明媒正娶把李娃接进家门。

小公子直到洞房前夕还在红红火火恍恍惚惚："我爸爸果然还是我爸爸！"

9. 汧国夫人教育专访

李娃嫁给小公子以后，有礼有节，举止有度，治家严谨，不仅受到夫君的喜爱，还十分受公婆的喜爱，喜爱到娶了媳妇忘了儿子的地步。

过了几年小公子父母先后仙逝，李娃依然尽心守孝。当今圣上听说她屋子旁边竟然生出了灵芝，还是一个穗子上开三朵花的奇葩，不禁惊呼："奇迹啊，朕要赏赐夫人！"

又过了一段时间，听说连白燕子都在她屋顶上筑巢唱歌，圣上："奇迹中的奇迹啊，朕要赏赐夫人！"

圣卜真的好有钱。

守孝期满以后，小公子的官职也是一升再升，十来年间，做过好几个郡的领导，李娃后来也被封为汧国夫人，他们生了四个儿子，个个成绩突出优秀异常，长大以后相继走上仕途，其中最小的官位也做到了太原府尹，连带着整个家族更加繁荣昌盛。

要是搁到现代，李娃必然会被采访："请问您是用什么方法把老公儿子都培养成高才生的？"

"主要靠我个人无与伦比的美貌与智慧、强大的魄力以及精准的眼光吧。"她微微一笑道，"请牢记，考前恋爱不可取，爱一个人，就陪他学习。"

改编自白行简《李娃传》

第三卷

跨界专列

20.4w

3140

2781

常还阳看看

（记者：李公佐　翻译员：顾闪闪）

人固有一死，这是谁都心里有数的事。

但祸福难料，具体什么时候死，却着实是个大问题。

后事还没交代好，黑白无常就提前到位，遇到这种意外的亡者在地府名单上占有极大比例。因此奈何桥路段常常会出现人潮拥堵的状况，排成长龙的队伍迟迟不前进，孟婆手里的汤都要凉了，面前的亡者还在磨磨蹭蹭："打个商量，我过三天再死成吗？"

不成。

阎王叫你三更死，谁敢留你到五更？生死大事岂能儿戏，地府也是有制度的。

但读过本书相关故事的读者都知道，阎罗王是位暖男，心肠软好说话，为了让鬼魂们了断执念，安心转世轮回，特地成立了还阳俱乐部。由十殿中的轮转王担任部长，只要你心中有对尘世

130

的遗憾，大到含冤复仇、托梦告官；小到家门没锁、鸡鸭忘喂，都可以领张票子，在规定时间内回去处理干净。

本篇我们就抽取出两位唐朝会员，有针对性地介绍下这项制度，您先熟悉熟悉，日后也许有用。

《庐江冯媪传》
1.本以为是伦理剧

我叫冯媪，是本场的一号会员，"媪"就是老妇人的意思。

天下间只有两种女人能成为女主角，一种是如花似玉的美少女，还有一种就是我这样的——不瞒大家说，我在家庭伦理剧界游荡已有多年，档期爆满，靠的就是一个"惨"字。

中年丧夫，老而无子，我的形象大家可以自行想象，花白的头发、粗糙的双手、遍布皱纹的眼角、慈祥憨厚的笑容，再加上招牌的驼背，这种配置在身，谁不扶我过马路都将受到社会的谴责。但我的老乡们显然都比较叛逆，不太在意世俗眼光，纷纷对我进行了戏剧化的嫌弃和驱逐，于是我一把年纪，只好背井离乡出来流浪……

我是一个来自远方的老太太，走在无垠的旷野中，凄厉的北风吹过，漫漫的冷雨掠过。

这年正赶上淮楚之地歉收，我一路上都没要到什么吃的。黑灯瞎火，我又冷又饿，眼看着就要一头栽倒在避雨的桑树下。正在此时，我忽然瞥到路边有一间小房子，烛光荧荧，看起来分外温暖。

简直就是救命的港湾！

我拄杖上前两步，又骤然停住了，因为房门口坐着一位二十多岁的女子，年轻貌美，服饰绮丽，显然就是我在黄金档的劲敌——偶像剧女主角。

伦理剧与偶像剧不共戴天已有多年，我正踌躇要不要去讨对手的嗟来之食，不曾想女子突然掏出手帕，倚着门哭了出来。紧接着，门内又跑出来个三岁小儿，抱着她一起哭，我瞧着气氛莫名亲切，便赶紧靠近了去看。

越过大开的房门，可以看见一个老头子和一个老妇人靠坐在床上，神色凄惨，絮絮说着什么，好像在同女子索要什么东西，很不友好。

我看着更加亲切，可他们见我过来，就默默退场了，只余我、女子和她的小孩留在镜头内。

"别说了，别说，别说你不再爱我？"我试探道。

女子许久才止住哭泣，抬头哽咽道："你的痛就是我的痛，你的微笑就是我俩的欢乐？[①]

"原来你也是苦情咖！"我和她异口同声道。

不管年龄或容貌，苦情使我们相遇，只要你在伦理剧中受折磨，我们就是心连心的一家人。我与女子一见如故，两人携手走进门，她热情地帮我准备饮食、整理床铺，让我感觉到了春天般的温暖。

投桃报李，我也不能对她的苦难不闻不问："说说吧，姑娘，怎么回事啊？为什么哭得这么伤心？"

女子听我问起，眼眶又红起来："这孩子的父亲，我的丈夫，明日要另娶。"

经典剧情之一：

丈夫嫌贫爱富，要抛弃糟糠之妻，另攀高枝。

我好奇道："那两个老人家又是什么人？他们在向你讨什么东

---

① 你的痛就是我的痛，你的微笑就是我俩的欢乐：经典苦情剧《木棉花的春天》主题曲的歌词。

西？又为啥向你发脾气？"

女子更加难过了，眼泪噼啪掉下来："那是我的公公婆婆，如今他们儿子要另娶，就到我这来讨筐筥刀尺等祭祀旧物，要送给新人。这……这些都是我成婚时的东西，怎么忍心亲手拿给新娘！"

经典剧情之二：

面对着新娘的挑衅、公婆的欺压，女主角坚持将孩子抚养成人。

我接着问："你前夫现在何处呀？"

女子答道："我是淮阴令梁情的女儿，嫁入董家已有七年。生有两男一女，儿子都被他们带走了，只剩女儿留在我身边。前面那座城中的丞嬲董江，坐拥千万家产，就是那个负心人。"

经典剧情之三：

家产被夺，骨肉分离，女主角敢怒不敢言。

可怜的女子还在低低呜咽，而看透一切的我则选择笑而不语，闷头吃饭。此时这个遭遇婚变的普通少妇还不知道，自己将成为伦理苦情剧界冉冉升起的一颗新星，有朝一日，火遍全唐。

2.事实上却是灵异片

第二天，我离开苦情少妇的屋子，继续流浪。

跋涉了约二十里，我来到了桐城，远远就见县东头有一豪门宅第正在敲锣打鼓，十分热闹。张挂帘幕，备办羔雁，多么典型的婚宴现场。门外人潮如织，我随便拦住一个打听，那人告诉我，今天当地的官家要办喜事。

我一看，剧情走向如此熟悉，赶忙追问："新郎是谁？"

客人哈哈笑道："就是董江董大人嘛。"

我听罢在心中冷笑，好个抛妻弃女的负心汉，今天我就要揭露这厮的虚伪面目！怕？我要是连这点义气都没有，就别想在八点档混了！

肩负着少妇的餐饭之恩和广大中年妇女们的不平之意，我故意高声道："啊呀，这个小董不是家里有妻子的嘛，怎么又另娶嘞？"

话音一落，不出我所料，满场都安静下来。

我理了理散乱的白发，挺直了佝偻的腰板，正要把昨晚的所见所闻一一讲出，却见在场所有客人都用一种诡异的眼光盯着我，看得我直发毛。

过了许久，最初答话的客人才幽幽道："董江的妻子和女儿早就已经死了。"

死了？

"怎……怎么可能？昨晚我明明就在他妻子的房中避雨过夜，好好的人，怎么可能死了……"说到这儿我已经开始哆嗦，眼前浮现出昨夜屋内蓝荧荧的灯火，和少妇过分苍白的脸。

"是死许久了。"紧接着便有人上来附和，"你说昨夜见到了董江的妻子和父母，那你能说出那房子在哪儿，这几个人都是什么相貌吗？"

我猜他们是以为我在胡编，便如实对答。在场的都是董江的乡亲，听了我的话一时都变了脸色，纷纷言道他先父母的样貌和我描述的分毫不差，而我昨夜投宿处，正是董江亡妻陵墓的所在。

事情的走向越发诡异，围观人群的喧哗也终于惊动了宅内的新人，主人董江满面不悦地走出来，怪我乱言妖妄之事，令家人将我赶出。

转眼良辰吉时已到，院内喜乐声再起，淹没了人们的低声议论，可以想象得出，方才还盛怒的董江此时已身着婚服，同再娶的新娘无限欢喜地对拜成礼。

我被推搡着越走越远，即将离开这条街时，忽然在人群外看见一个女子的身影，她在高墙外久久驻足，目光凝滞，神色哀戚。

《李章武传》
3.只要有爱，是寡妇是鬼都没关系

"我要去会情郎！越快越好，晚了赶不上牛头马面专列了！"

第二位会员也是位女士，同样已婚，却和董江亡妻截然两种风格，干脆利落，滴泪不掉，一进还阳俱乐部就拍上了轮转王部长的桌。

轮转王他老人家吓得往后一闪："想干啥呀？排队了吗，预约了吗？还阳也得遵守基本法则吧！"

"来不及了！"女人着急道，"我闺蜜杨六娘烧纸传信，说我家亲爱的今晚就要回老宅看我了！多么千载难逢的机会，您舍得让我俩阴阳两隔，不得相见吗？"

轮转王翻开生死簿，随口问道："你那情郎姓甚名谁啊？"

女人不假思索："他叫李章武，字飞，中山人。我家亲爱的先天聪慧,后天博学,世间就没有能难倒他的事。别人英俊靠打扮，他英俊纯靠气质，我家亲爱的不光长得帅，性格还好，温柔体贴，善解人意，作诗一流，精通玄理，简直就是晋朝张华再世……"

"打住，打住！"轮转王指着生死簿上她的那一行，确认道，"你这身份登记的是王家媳妇，没错吧……"

女人挺胸抬头："没错啊！"

轮转王脸皮直抽抽："可你要赶回去见的情郎，叫李章武？"

女人两手叉腰："有何不可？"

"……"轮转王，"我朝开放也没开放到这种程度，我需要一个合理的解释。"

女人……为了称呼方便，以下我们都叫她王氏，王氏拖了把椅子，坐在轮转王对面道："那我就和您掰扯一下：第一，俗话说人死万事空，如今我这坟头草都三尺高了，要是走得着急点，转世都该满月了，前世是张家媳妇还是王家寡妇还重要吗？第二，王家人对我也的确不怎么样，丈夫死后，表面上我是奉养公公的孝顺儿媳，事实上公公却利用我做皮肉生意，闺房人来人去，要不是遇见了知情知趣的李章武，我可能连眼都闭不上。说实在的，我连他们长什么样都不记得了。"

轮转王长叹了一口气，知晓原来她也是个苦命人："这李章武就真的那么好，值得你死后还念念不忘？"

王氏点点头，陷入了回忆，那是贞元三年的某一天，李章武策马自长安而来，前往华州寻访志同道合的故友崔信，途经市北街，于春光烂漫中与她邂逅，一见钟情，至此再挪不动脚步。

他将拜访好友的事搁置一边，信中只说是在亲戚家暂住，事实上却在王氏公公的默许下，和她过起了二人世界。起初王氏也只是职业化地应酬赔笑，毕竟这位李公子英俊又多金，这段时间光为自己就花了三万多块，在她身上搭的金银还要加倍，但时间久了，她也难免动了真情。

照理说，以她的美貌，往昔甜言蜜语者有之，为她倾家荡产的亦有之，但看惯世态炎凉的王氏内心毫无波动，唯独对李章武，她竟情根深种。

"或许是命中注定，看见他的第一眼，我就忘记了自己。"

"后来的事，看似是枕席之间的虚与委蛇，实则是我真的欢喜他，欢喜得不知该怎样才好了。"

好景不长在，不能见光的情事有着太多无奈。送别李章武的时候，她知道对方可能再不会归来，却还是殷殷嘱咐，痴痴地站在门外，望着他离去。

临行前，章武留下交颈鸳鸯绮一段，赠诗一首："鸳鸯绮，知结几千丝？别后寻交颈，应伤未别时。"

王氏也取下自己的白玉指环道："捻指环相思，见环重相忆。愿君永持玩，循环无终极。"

她不指望李章武能再回来，只愿他不要忘记她。

临终前，她赏赐给李章武的仆人杨果一千钱，感谢他这段时间以来的殷勤照料，也嘱托他今后替自己好好看顾情郎。

轮转王："所以呢？你是为什么突然就死了？这个剧情发展有点快呀。"

王氏："您不用意外，我这是传统文学中女子的普遍死法——思念成疾。"

李章武走后已过数年，可她的恋慕之心竟是有增无减，相思使人暴瘦，爱情令人绝食，王氏开始整宿整宿睡不着觉，最终带着满心遗憾香消玉殒。

可即便这样，也不能阻止她再见李章武的决心，轮转王也挡不住，于是王氏搭乘着最后一班牛头马面专列，雄赳赳气昂昂地踏上了跨次元追爱之路。

而在另一端接应的，正是她的闺蜜，邻居杨六娘。

4.一声姐妹大过天

"你就是李章武？你是不是还有个仆人叫杨果？"杨六娘一边明知故问道，一边盘算着刚给王氏烧的信她收没收到。

对面的男子已人过中年，但依旧俊美有气质，王氏的眼光不会错，这是个念旧情的人。

"在下正是。"李章武对她一礼道，"请问你知道王氏去哪儿了吗？为何家中无人，他们是度假还是走亲戚去了呢？"

杨六娘："哦，她死了。"

李章武如遭晴天霹雳，坐地上就要哭，被她拦住道："你先别急，王氏让我给你带个话。"

于是她就将王氏的满腔情意细细道来，果然，李章武哭得更厉害了。

杨六娘："她临终前嘱托我道：'我出身寒微，有幸得君子眷顾，心中常常感念，时间一久，思念成疾。我也知道自己时日无多了，在我死后，万一某日他到此，记得帮我告诉他，不管是人是鬼，哪怕过了一万年，我爱他的心都不会改变。地府那边我会想办法解决，请他一定要留下来等我。'"

李章武泪眼蒙眬道："好，那拜托你帮我开个门，我就在家里等她。"

杨六娘为他打开了王家的门，原来在王氏死后，这家人便空出宅子，全部到外地去了。李章武吩咐随从去置办柴火食物，自己则感慨无限地在屋里铺床，铺着铺着，就看见一个人拿着扫帚从门口经过，在院内卖力扫地，地扫没扫干净不知道，总之搞得鸡飞狗跳，让人想不注意都难。

李章武于是扶着门框问："这家人不是全部到外地去了吗？"

扫地人停下看他："谁说的？"

李章武问杨六娘："你认识这个人吗？"

杨六娘："没见过。"

李章武上前一把捉住扫地人道："哒！你是来干什么的，到底有什么用意？"

那人挣扎了两下，道："哎，您别激动！我吧，就是个没有灵魂的小钻风。王家那死去的媳妇感念郎君您的深恩厚意，想和您见一面，但又怕您害怕，这才叫我先来报个信。"

李章武点点头："我正是为此而来。虽然人鬼殊途，谁都会有几分忌惮，但这毕竟不是一般鬼，真是我思念多年的亲亲小宝贝，所以这些细节就可以忽略不计了。"

扫地人听了这话，骑上扫帚左拐右拐，欢快地离去了，没多久就消失得无影无踪。李章武则在席前摆好食物酒器和祭品，吃完了自己的那份晚饭后，躺下安寝。

心里有底，半点不慌。

李章武一觉睡到了二更时分，忽然感觉东南方的油灯晃动了一下，又晃动了一下，显然透露着灵异事件开场的味道，但他非但没撒腿就跑，甚至还涌上些许狂喜。

他令人将灯烛从墙边移到屋子的东西两角，因为听说鬼魂都惧光，果然没过一会儿，就听卧室北面传来窸窸窣窣的声音。

"冤家……冤家……我是……死鬼……"

"宝贝，宝贝，我是心肝儿！"

李章武跳下床去，只见仿佛有人影从黑暗中缓缓走出，走了约有五六步，才显露出真容来——果然就是他朝思暮想的旧情人王氏！

不，现在可能得叫旧情鬼了。

王氏容貌未变，但看脚步，显然是个"缺钙的阿飘"，对暗号的声音也颤颤悠悠的，但这丝毫不影响李章武的满心爱意。他激动地抓住王氏的手……还好没抓空，上去就是一个拥抱，又牵着她来到床边坐下，款款柔情，就仿佛她从未离开过。

"在阴间的时候，我将前尘往事尽忘，唯有你，始终在我心上。"

李章武被王氏的情话正中红心，全然不管对方是人是鬼，只如生前一般疼惜她。这样过了好几日，两人虽然半刻也不想分开，但牛头马面专列也是有班次的，在定好的那天，每天启明星升起的时候，准时发车，错过了这班，当场魂飞魄散。

他们只好又请来邻居杨六娘，让她帮忙在屋外望风看星星，启明星一出来，马上跟王氏报信，提醒她不可久留。

二人如胶似漆，缠绵之余，还不忘竖起大拇指称赞杨六娘："姐妹够义气！"

窗外更深露重，杨六娘抱紧孤单的自己，望着东方的天际，狠狠打了个喷嚏。

5.情郎收到都哭了

"说你呢，到底上不上车啊？"

牛头马面专列皮毛油亮地停在门外，司机眼看着地平线慢慢亮起来，启明星都快看不见，终于有些不耐烦，催促了几句。

李章武卸下挂在自己身上的王氏，替她擦擦眼泪道："哭什么？有什么话明天我们再慢慢聊，你先回去，安全要紧。"

王氏听完神情更悲伤了，终于"哇"的一声哭了出来，哽咽道："没明天了……"满穹星汉渐渐被黎明吞没，她挽着李章武的手臂，低低抽泣道，"还阳的次数怎么可能是无限的？任我再怎么争取，也终究要回到阴间去，今天就是我们的最后一面了。"

她又转回屋中，从裙带上解下锦囊，又从囊中取出了一样东西塞进李章武手中。他低头去看，只见那物色泽绀碧，质地坚密，看似美玉却比玉更加冰冷，形状仿佛一片小小的叶子。

李章武感动不已："这是啥啊？能吃否？"

"不能，硌牙。"王氏款款解释道，"这东西叫'靺鞨宝'，产自昆仑玄圃中，一般人听都没听说过。那天我去西岳参加玉京夫人举办的拍卖会，碰巧看见这东西放在各种珍宝中，瞬间就被吸引了，想着郎君你见多识广，肯定喜欢，便打算问问价，买下来有机会捎给你。"

李章武："啊，那肯定不便宜！"

王氏："是的呀，西京夫人报了个价，吓得我差点没晕过去，靠杨六娘给我烧的那点纸钱，估计连包装盒都买不起。"

当时的场景，是这样的。

王氏凝视，王氏叹气，王氏挪不动步。

西京夫人："喜欢啊？"

王氏点头，王氏又摇了摇头。

西京夫人："想不到你这一只新鬼，还挺识货，这鞿鞢宝天上罕有地上无，珍贵无比，洞天群仙争着竞价，我都不乐意卖给他们。姑娘你既然有眼光，我就当场给你打个八折，保准你买不了吃亏，买不了上当。"

王氏摆手。

西京夫人："那五折？"

王氏欲言又止。

西京夫人："两折，不能再少了，我给你个吐血跳楼甩卖价，出门别说是在我这买的。"

王氏："……"

王氏捧着西京夫人免费赠送的鞿鞢宝出了西岳拍卖厅，心中无限欢喜。

镜头切回门口，李章武与干氏依依惜别，互赠情诗。王氏道："河汉已倾斜，神魂欲超越。愿郎更回抱，终天从此诀。"

李章武回抱，抱完从袖中取出一支白玉宝簪酬答曰："分从幽显隔，岂谓有佳期。宁辞重重别，所叹去何之。"

言下之意，分别得太突然了，往后阴阳两隔，去哪儿找你我都不知道。

一人一鬼紧紧拥抱，哭泣良久，王氏接着道："昔辞怀后会，今别便终天。新悲与旧恨，千古闭穷泉。"

别找啦，找不到啦，黄泉大门一关，从今你自己好好生活吧。

李章武道："后期杳无约，前恨已相寻。别路无行信，何因得寄心？"

不能再见面，想想就伤心，但这次相见弥补了从前的遗憾，已经算是天大的惊喜。我不敢奢求太多。至少你留个联系方式，以后我有什么心里话也可以烧给你。

两个人走一步退两步，又道了好长时间的别，直到牛头马面专列那边"哞哞"响起了喇叭声，王氏才将泪一洒，走到西北角上了车。

透过车窗望向送别的李章武，她仍忍不住频频拭泪，在专列消失前，留下了一句哽咽的叮咛："李郎无舍，念此泉下人。"

6.还阳钉子户

你以为故事到这里就结束了？

巧了，李章武也是这么以为的。他伫立在原地伤神了许久，才恍惚地回到屋中，眼看着太阳要升起来，又急急奔回发车的地方，但那里却杳无痕迹。

一切都像是一场梦，梦醒后空室窅然，寒灯半灭，只余半枕残香。

伤心之地不宜久留，他打点行装，经下邽返回长安武定堡。下邽郡官和友人张元宗见他整日失落，便携着美酒邀他宴饮，不醉不归。

酒不醉人人自醉，酒过三巡，他的思念愈发浓重，高声吟诵道："水不西归月暂圆，令人惆怅古城边。萧条明早分歧路，知更相逢何岁年。"

郡官和张元宗见他这副模样，也跟着感慨，但除了劝他伤心的人别听慢歌外，别无办法。

李章武则趁着酒兴，当即与二人告别，蹒跚地上了马。

孤身单骑，晃在路中央，是要多凄凉有多凄凉。

他哼着自己刚作的诗，行了足有好几里，忽闻半空中传来嗟叹，音调凄恻，如此熟悉。

"是你吗？你又回来了？" 李章武对着虚空高喊道。

那声音道："是我！我知道你想我，就特地赶回来送你一程。"

李章武："啥？之前不是说是最后一面了吗？"

四下沉寂，半晌，有浑厚男中音自地底传来："你可住口吧，本轮转王不要面子的吗？你们见面就见面，问那么多干什么！"

王氏："谢谢大王！这回肯定是最后一次了，我保证，您看我诚信的眼神……"

李章武感念不已，轮转王则表示信她个鬼。

再后来，李章武到东平丞相府上任，闲暇时候招来玉工，拿出王氏所赠的靺鞨宝给他看，玉工知道这东西价值不菲，不敢雕刻。等到他出使大梁时，又招来当地的玉工，外籍玉工见多识广，大概知道这东西的来路，便根据它的形状，雕成了槲叶的样子。

心上人送的信物，李章武自然爱惜，每天将它揣在怀中。这天他走在长安城东市，忽然碰见一胡僧，洋和尚二话不说，走到他的马前便叩了个头道："我知道您贴身戴着块宝玉，请求一观。"

二人于是来到僻静处，李章武取出靺鞨宝交给胡僧，供他仔细赏玩。胡僧看罢,赞叹道:"此物只应天上有,人间哪得几回看?"

李章武笑得甜蜜:"我知道。"

数月后,华州,王氏旧宅。

杨六娘坐在窗外看星星,一边看一边抱怨道:"回回都说是最后一次,怎么总有下一次!七夕要还阳,元宵节要还阳,清明还是要还阳,看在闺蜜的情分上,我再帮他们这么一次,再有下回,都给老娘魂飞魄散去吧!"

话虽这么说,听着屋内暖帐中的缠绵细语,她还是露出了会心的微笑。

改编选自李公佐《庐江冯媪传》
及李景亮《李章武传》

人鬼兄弟情

（记者：句道兴　翻译员：沈吉祥）

古往今来，说起"鬼怪"，就必然会联系到书生荒宅邂逅美艳女鬼的桥段：善良的过来彻夜红袖添香，跟你从诗词歌赋谈到人生哲学；不善良的奔着你的精气而来，在她眼中，你四舍五入就是刚出锅的大白馒头。女鬼稍微一诱惑，好色的书生就上套，然后趁热被吸，女鬼吃完消夜飘然而去，挥一挥衣袖，不留下一片云彩。

这之中当然也有来报恩的，比如青城山下白素贞，所谓"你救我一命，我以身相许"，由此展开一段冲破物种阻碍和世俗理念的唯美爱情。

以上的故事都局限于男女之间，也有发生在兄弟间的，有时候跟爱情比起来，友情催发的化学效应，反而更值得一叙。

下面要讲的这两个故事，集合了悬疑、玄幻、神转折等各种元素，不仅脑洞大开，还有点感人催泪，总之十分好看。

《王子珍》
1.大槐树下你和我

从前有位王小弟，名子珍，太原人士。

他是爸妈最爱的仔，家里害怕没上好学校耽误孩子前程，打听到定州那边有位堪比当代孔圣贤的边先生，博古通今人品好，致力于广收弟子办学校，学校周边环境优美，学校的设施完善师资雄厚，教学质量杠杠的。老王夫妇一商量，决定就让小王去边先生那里求学。

于是子珍背上他心爱的小包袱踏上了求学之路。

来到定州境内三十里左右，他走得有点累，便瞄中了路边一棵大槐树，连忙过去休息。不迟不早，有只鬼变成活人的样子，也在这棵树下休息。

那么问题来了，这棵树它究竟好在哪里？

咳，跑题了。

一人一鬼邂逅大槐树下，子珍小弟年少单纯，看不出这鬼不是人（没有骂主角的意思），同是天涯赶路客，特别容易产生惺惺相惜的情绪。

于是子珍小弟就问了："这位兄台打哪儿来呀？"

鬼袖着手站在树下，气质款款长身玉立，含笑看着这小单纯，不答反问："少年你从哪里来呀？"

子珍："哦，我学习不好，父母让我来定州边先生处求学的。"

鬼："那你叫什么名字啊？"

子珍没有一秒犹豫："我叫王子珍，我是太原人！我们太原可美可美了，有时间欢迎你去玩啊。"

率直可爱有朝气，换了我，也跟这少年郎做朋友。

然而这件事也告诉我们，青少年独自出门在外，没有家长陪同千万要警惕，不要随便跟陌生人搭讪，更不要问啥说啥，万一对方是坏人怎么办。

幸好对方不是坏人，准确来说，对方连人都不是。

鬼兄也自报家门："在下是渤海人，名叫李玄，父母亲去得早，兄弟也不跟我住在一处。家里哥哥见我没学上，特意叫我去边先生那读书，既然在这里遇上，从今以后咱们做个伴可好？"

朋友们看到这里有没有觉得眼熟？

想当年，梁山伯也是这么被祝英台拐跑的。

小王不懂这些傻乎乎还觉得挺高兴，见他比自己大，主动认他做大哥，两人一起上了路。

2.你再说一遍，我兄弟是个啥？

李玄和小单纯王子珍在学校待了三年，这三年中两人拜了把子，感情日益浓厚，说好要做一辈子的好朋友。

渐渐地，李玄德智体美劳各方面的才能都展现出来，到后来甚至超过了他们的老师边先生。

边先生将李玄叫过来问："你藏得挺深啊，快点交代你是什么神仙，为何如此优秀，甚至超过好多先贤，到底怎么办到的？这样显得为师好尴尬。"

李玄装傻："啊？老师你说啥？我有幸做了老师的学生，要是学得好，那也是先生教得好。"

边先生想了想，觉得有道理，便让李玄做了他的助教，平日里负责给学生们上上课。

李玄不简单，把一干小弟子整治得妥妥的，还有工夫利用课余时间，给王子珍开小灶单独补习。是故小王的学习成绩也是突飞猛进，顺利当上学霸，简直要把李玄奉为另一个师父。

过了一段时间，学校里来了个交流生。

这个交流生名叫王仲祥，职业太子舍人，也是太原人，跟王子珍还沾着点亲戚关系，来了这边理所当然住进了小王的宿舍。

原本的两人间住进了三个人，李玄大度也没说啥。这个阿祥也是，你说你住就住呗，你是不是半夜睡不着净偷看兄弟室友了？为啥人家当着那么多老师学生的面，三年都没露出破绽，你来一宿你就看出李玄是个鬼？

咋的你主业是法师副业才是太子舍人？你这样考虑过太子的感受没有？

次日一早，阿祥上路之前，拉着小王的手吞吞吐吐："小王啊，咱俩好歹是亲戚，我有个事不能不跟你说，你那个朋友，他不是个好人。"

小王挠头道："不能吧，论业务能力，李玄哥哥堪比大儒；论颜值，他那叫一个盛世美颜，究竟是什么事情，让你误会他不是个好人？"

阿祥："不是，你误会了，跟他的业务能力和颜值没半文钱关系。我的意思是你是个活人，他李玄根本是个死鬼啊！人鬼殊途，你们咋能成为朋友呢？"

小王和李玄朝夕相处了三年，骤然听到这话，常识瞬间碎了一地。

见对方不信，王仲祥把他拉过来，压低声音道："真的，你要是不信，教你个祖传'见鬼大法'，一般人我都不愿意告诉他。"

小王还沉浸在极度的震惊中，小小的魂魄越飘越高，摇都摇不清醒。

王仲祥接着道："你今晚把床上的旧草褥子换了，都铺上新草，先暂时不要跟他睡到一起，自己睡在另一头。你一个大活人，新草必定被你睡下去一个坑；而鬼没有分量，自然是一点也压不塌草的，不信你明早自己去看！"

小王："啊！"

"啊什么啊？快去，我当亲戚的还能害你不成！"

"哦。"王子珍答应完就头也不回地跑了，阿祥说的话他是半句也不信的，一定是因为李玄哥哥太优秀，阿祥嫉妒他，才故意黑他。所以他要给李玄大哥正名！试试就试试，他要拿出证据来，明早坐等阿祥打脸。

次日，他爬起来一看，李玄身下被睡了一夜的新草，果然一点痕迹都没有。

"……"

子珍忐忑不安，一双大眼睛眨巴眨巴，呆愣愣看着李玄，差点把李玄给看笑了。

子珍心里藏不住话，当场直接问道："外面有风言风语，说李兄是鬼，反正我是不信的，不……不知道李兄你怎么看？"

李玄了然："是王仲祥告诉你的吧？"

子珍坦诚地点点头。

"对，我是鬼。"李玄笑道。

"那，那……"他毫不隐瞒，子珍小弟反而越发慌张，"那你会做鬼脸吗？"

李玄："……"

"会，但我拒绝。"他道，"你别怕，我不害你。"

"我不害你"四个字奇异地安抚了子珍小弟，他现在已经完全不害怕了，果然不管是人是鬼，李兄就是李兄。

"我身死之时，年纪尚轻，阎王见我是个可造之才，便想让我在地府当个理事的文官。但当时我的学问还不够广，王担心我难以胜任，就派我先来边先生这里学习，许我三年期限，必须考个博回去。若是拿不下博士学位，就退回平人，继续受十八层地狱之苦。

"想不到我来这不到一年，就顺利按他老人家的要求拿到了学位，这是我万万没有想到的。从那以后，我白天念书教书，夜里办公理政，至今已担任地府太山主簿两年有余。"

王子珍："……"

好吧，学霸确实了不起，比不过比不过。

王子珍："所以大哥你留下来，就是为了碾压我等凡人的吗？"

李玄看着他，暗叹自己的结拜兄弟怎么就是不开窍："我之所以在人间流连，全因为你在这里，情恩眷恋，才迟迟没有离去。不过如今子珍你知道我是鬼，想必也畏惧我了吧，我便不再逗留，这就回地府。"

说话间便作势要腾空消失，被子珍一把拉回来道："其实也不用非回去不可，毕竟我已经习惯了你的优秀。"

不知怎么，王子珍心中一阵怅然，他崇拜李玄，李玄于他，亦师亦友，如兄如父，三年下来，要说没有感情，那是不可能的。

李玄道："还记得前阵子我背痛吗？"

子珍赶忙道："记得！"

"那是因为我在地府时，有人谗言诋毁令尊，陷害我结党营私。阎王这个人哪都好，还自称暖男，就是耳根子软，别人说啥信啥，所以不问是非曲直，直接责问了我一百杖。

"更糟糕的是，他最近不知又听信了你仇家的什么谗言，非要亲自夺定这件事，必会将令尊断入死簿。事不宜迟，子珍你速速返家，如若令尊还有生息，立刻带上酒脯到路口处祭我，大声呼喊我的名字，为兄即来相救，定能保全令尊性命；若已气绝，即便是我，也再无回天之力！"

子珍一听，慌得赶紧要跑，不想又被李玄拉住："还有件事，你如今的学问已经小有所成，但要继续努力，常修己身，我会想法子给你延年益寿，并上书玉帝，让你做太原郡太守、光州刺史。相交三年，我能为你做的也就这么多了。"

子珍一时有些动容，握住李玄冰冷的手："哥哥，我代表我全家谢谢你。"

子珍说得真情实意，但是不知道为什么这话听着有点别扭，李玄在他手上拍了拍："不客气，去你的吧。"

3.叫你一声你敢答应吗？

王子珍星夜兼程赶回家，一进门，便见合家都围在父亲床旁，父亲果然已经奄奄一息了。

他连忙按照嘱咐，怀抱祭品，脚步如飞走到最近的路口。——点燃灯烛，他将祭祀的鹿脯整齐地摆好，在旁边斟上了一杯清酒。如雪的纸钱漫天飞舞，他深深地吸了一口气，几乎从肺腑中喊出那个名字。

"李玄！"

"李玄！"

"子珍来了，你在哪里？"

正当此际，忽有阴云障月，王子珍眯起眼，渐暗的视线复又明，两声铜铃过后，清脆的蹄声响起，一匹毛无杂色的白马从无尽的夜幕中踏行而出。马上人朱衣笼冠，身后随骑侍从无数，赫奕非凡，非为旁人，正是李玄。

子珍怔了许久，才被两个青衣童子簇拥着，来到了对方跟前。

李玄眉眼还似从前温和："咱爸现在是个什么情况？"

八拜之交，你爸就是我爸，没毛病。

子珍道："我爸现在气若游丝，连话都说不了了，还请兄长救命！"

李玄点头："闭眼，我带你去见爸。"

子珍乖乖闭上双眼，只觉前方白光一闪，身体已落在一座赫然矗立的高大殿宇前。只是这建筑过于奇特，亭台楼阁皆是坐南朝北，流光幽暗的飞甍覆压而下，令人胆寒。

李玄道："这便是阎罗王府的正门。"

王子珍思父心切，抬腿就要进，被一把拦住，他委屈巴巴道："咋的？还要收门票呀？"

李玄叹了口气："怪我怪我，方才我急着带你来见咱爸，竟忘了咱爸如今在狱中被折磨得够呛，也没什么看的必要了……子珍，子珍先别晕。"

他扶住被吓得不行的贤弟，平静道："你听我说，等会儿会有一个身穿白袴、光脚、戴紫锦帽子、手拿文书一卷的人从这条路上经过，那便是谗害咱爸的人。他名义上是要来衙中听审，其实是为了监视我。"

说话间，他将手一挥，一张龙筋紫檀弓便出现在眼前，他将宝弓利箭一并交到王子珍手中："你就在此处不要动，一见人影，即刻射杀，爸爸便可转危为安；如不杀他，爸爸就死定了。"

话音未绝，便看见那人正遥遥而来，李玄伸手指示子珍道："就是这个人，下手一定要稳准狠。我现在要去衙门判事，不宜久留，免得落旁人口舌。别怕，我的精神与你同在。"

说完整个鬼就消失了。

救父亲的紧迫感盖过了心中的恐惧，王子珍藏匿在路旁的草丛中，用尽力气将弓拉满，全神贯注盯着来人，左瞄右瞄上瞄下瞄，一支箭"嗖"地射出去。

只听"嗷呜"一声惨叫，白袴人手中文书掉落，痛苦地捂着伤处狂奔而去。

"妈呀，射偏了！"子珍遗憾得直跺脚，跟上去捡起那人遗落的文书，只见文书有两张，都写着他爸的名字，果然这家伙不是什么好人。

李玄回来的时候，子珍正蹲在地上咬破手指头写血书。

"阎王已经知道有生人闯入了，你须得回去了……你在干吗？"

子珍举着文书给他看："我要画个圈圈诅咒他！"

白纸红字，歪歪扭扭地写着"子珍的仇人"五个大字，旁边画了好几个圈圈儿。

李玄深吸一口气："所以你射中他了吗？"

子珍举文书的手僵在半空："没有吧……我好像只射中了他的左眼。"

李玄："……"闭眼默念一百遍，"我教的我教的我教的……"

念完后心平气和，他耐心跟子珍小弟说："左眼并非要害，要不了他性命，只怕他日后还会加害令尊。"

子珍慌了："那可咋办呀？"

李玄安抚地拍了拍他的肩："不过，他如今有伤在身，令尊还能多出片刻生息。子珍你回到阳间家中，到处搜寻，将仇家找出来杀掉，从此便可免受其害。"

子珍眼看又要挠头："可我实在不知道仇家是谁啊。"

"就是与你家有旧怨的人。"身后大批鬼差蜂拥而至，李玄急急道，"来不及了，你回家慢慢想，醒来！"

子珍再度睁开眼睛，已是茫茫一片人间。

他呆呆望着眼前，喃喃道："啊，我还没来得及跟李兄告别呢。"

4.原来是你小子把阎王引到这儿来的

子珍思索很多天，也想不出来仇人是谁，差点自己变成愁人。

连带家中仆人也被他带得不正常，在家中发现任何蛛丝马迹都要来跟他汇报一二。

群策群力下，子珍处理了不畏耗子药的蟑螂、不按套路开花的变异黄瓜、爱好跳水的猫……

终于，他们发现了一只不正常的大公鸡，据家人说这只鸡一身白毛，已经连着七天没听见它打鸣了。

子珍于是率领家人满院子找鸡，最后在一只废弃的旧笼子前停住了。

他伸出一根手指头，点着趴在笼中的瞎眼白公鸡，念念有词："我射的左眼，穿白袍——鸡身是白的，赤着脚——鸡不穿鞋，戴紫锦帽子——鸡冠子是紫色的！"

"对上了对上了！我仇家原来就是你！"

白公鸡原本不声不响地卧在笼中，一见子珍就玩命扑腾挣扎起来，被子珍二话不说拎着交给了后厨，炖成十全大补汤端给父亲喝。果然没过几日，他父亲的病便不治而愈了。

这个故事告诉我们，家里莫养白鸡，白鸡不吉利，一言不合就坑主人。

后来就如李玄所说，子珍当了太原郡守，到了景帝时期，官拜光州刺史，一生福泽深厚，活到了一百三十八岁寿终正寝。

有人说要论天下得鬼相助，谁也比不上王子珍。

王子珍辞世那天，子孙后代守在床前哭哭啼啼，他自己反倒高兴得很："我终于可以去见李玄哥哥啦。"

一百年，传说就是一个轮回，这一次要认认真真说好久不见，说谢谢，说此生有幸认识你。

《梁元皓段子京》
5.竹马与竹马

上一篇是温情小故事，接下来我们来讲讲硬核兄弟情。

五胡十六国永凤皇帝刘渊时期，平阳地界上有这么两个好兄弟，一个叫梁元皓一个叫段子京。

这兄弟俩家住对门，从小同进同出、同吃同睡，相亲相爱，感情好得恨不能穿一条裤子。他们曾经发誓要当一辈子的好朋友，无论富贵贫穷，无论健康疾病，始终不离不弃，妥妥的实在老铁没毛病。

两个人慢慢长大，皆是一表人才，双双成为一朝肱骨，为国效力。

元皓做了尚书左丞相，子京做了黄门侍郎。

虽然官职有差异，但是丝毫不影响两个人的友谊，两人还是同从前一样日夜在一起，满朝上下都知道丞相和侍郎大人感情好。可惜天公不作美，天下无不散之筵席，组织需要他们分开一会儿。

于是梁元皓做了荆州刺史，段子京成了秦州刺史。

这个事情提醒我们，跟生命中重要的人告别的时候要用力，谁知道从此以后还有没有下一面可以见，毕竟那个时代不能随时随地开个视频。

三年以后，梁元皓患上失音症，病故在荆州。

科普一下这个失音症，据说是一种精神疾病，情绪波动过于剧烈的人容易得上这个病，不知道这三年间梁元皓经历了啥，咱也不敢说，咱也不敢问。

反正他临死之际念念不忘段子京，抓着妻子的手"啊啊啊啊"半天，想说还没等到子京来，先不要把他下葬。

拜这个病所赐，妻子一句也没听懂。

梁元皓只好亲自去了。

他灵魂奔赴千里，赶至秦州。

子京酣睡正浓，忽然看见梁元皓缓缓现身，神情哀戚："啊啊啊啊啊……"

子京："……"

【现今我因为得了急病，还没来得及同兄弟你告别，基本是个死不瞑目的状态。我留遗言给夫人，夫人却并不懂我，我只有托梦给你，眼见着他们就要将我葬了，子京你快前去拦截遗体，务必要亲自埋葬我。】

子京略微思量了片刻，便完成了解码："懂了！兄长等我！"

话音刚落，子京就醒了，这才意识到方才自己做了个梦，可是平白无故怎么做这种梦，元皓定然是真的死了。

他爬起来跟领导告假，连夜快马加鞭疾驰奔往荆州，到了梁府，满目缟素，梦中所说果然不虚。

段子京伤心得不要不要的，顿时扑到梁元皓灵前哭了个死去活来，谁都劝不住。

到了傍晚时分，子京忽然觉得门外有异，出去一看，果然是梁元皓。

他还是旧年模样，对着故友感叹道："你来了。"

"……来了。"

两相对望，默默无语两行泪。

半晌，梁元皓道："你亲来埋我，我便想着同你告个别。在我床西侧的匣子里，有你往年给我写的七封信，并弹琴用的玉爪一个、紫檀如意杖一柄，都留给子京做个念想吧。你想我时，可以拿出来看一看。"

脸上泪痕还没干，段子京急忙摸了摸身上，羞赧道："我来得匆忙，并没带什么信物。将鞋带解下来送给兄长，可好？"

元皓将他的鞋带接了过去。

二人又殷勤说了好一会儿话，才依依不舍地分别。段子京进去跟梁夫人交代一番，就看见内堂停灵处，梁元皓的脚上赫然绑着他赠予的那根鞋带。

"……"段子京感慨万千。

梁夫人感慨万千。

梁府其余众人感慨万千。

送丧过后，段子京返回了秦州。

6.有种友谊叫作我变成鬼也不放过你

过了一年，地府这头一个太山主簿辞职投胎去了，职位就空了出来。招聘广告发出去六十多天，也没找到合适的人继任，给阎罗王愁得不行。

这个时候梁元皓站了出来，告诉阎罗王秦州刺史段子京可以胜任。

不知什么原因梁元皓并没有去投胎，可能还没摇到号，也可能是阎王比较惜才，毕竟梁大人生前就是国之栋梁。

梁元皓一顿天花乱坠彩虹屁，将段子京夸得天上有地下无，简直就是为了这个职位而生的。

阎罗王一听当然很高兴，就派人去查段子京啥时候挂，好赶紧让他来上任。

一查不要紧，好嘛，子京是个多福多寿的命，这辈子能活到九十七，今年才刚到三十二岁。

阎王满脸黑线："小梁啊，小段虽然是个人才，但人家还年轻，总不好直接弄死拖下来给本王我干活吧？"

梁元皓："完全可以啊，不是有句名言说'阎王叫你三更死，休想活命到五更'吗？"

"谣传，绝对的谣传！"阎王连连摆手，"我其实是个暖男好不好？"

梁元皓道："实不相瞒，我同子京从小一起长大，感情深厚堪比鱼和水，谁也不能久离了谁,若他果真不好,我也不能举荐给您。"

他一拍大腿，"这样吧，我亲自上去一趟，子京见是我，肯定十分欢喜地跟我来，也不算是大王逼迫他。"

他神情之坚定，叫阎王都不好意思拒绝，当即调派了人马给他。

梁元皓转身而去，拂一拂衣袖，深藏功与名，阎王望着他的背影瑟瑟发抖："敢情你才是不达目的誓不罢休的那一个。"

7.好兄弟就是要有鬼同当

梁元皓化成活人模样，带着一行人浩浩荡荡、堂而皇之穿街过市，气场十足，吓得路人纷纷避之不及。

不多时到了秦州刺史府。

已故之人归来，段子京听了下人通报，错愕不已，出门一看，还真是梁元皓。

子京掐了把自己的大腿，真疼。可元皓不是已经过世了吗，这又是从何而来？他心里想不通，但还是引了梁元皓进客厅，设宴摆席招待他，除了他，府上各人甚至子京妻儿，并不晓得元皓是鬼。

酒足饭饱，梁段二人相携进房叙话，元皓开门见山："阎王派我来邀请你去地府，继任太山主簿一职。"

段子京："我……"

"不接受反驳。"

段子京："……"

段子京心情看起来一点也不美丽，好兄弟死而复返，要拉你垫背，咋说咋有点瘆得慌。

他踌躇道："主簿这个官儿太小了点吧，哪有刺史来得刺激。而且那地府什么情景，我也不清楚。"你让我去死我就去死，那我岂不是很没面子。

"不是，你不要被某些不实传言给蒙骗了，活人的官职有什么好？死人的官职却是求也求不来的。真的，哥哥我怎么会坑你？"梁元皓说着说着，看段子京仍在犹豫，开始抽刀，"你答不答应？不答应的话我直接杀了你，到时候你不走也得跟我走。"

"罢了罢了。"段子京叹了口气，无奈笑道，"兄长总是这样，小时候你觉得什么糕点好吃，也不管我喜不喜欢，便一定要分给我吃。可你总得给我点时间，让我跟妻儿道个别吧？"

梁元皓听见"妻儿"两个字，眉头一皱，面无表情道："不行，阎王叫你三更死，谁敢留你到五更？"

与此同时，阎王："阿嚏！哪个又在消遣我？"

段子京："梁元皓！"

梁元皓："……"当兄弟开始叫你全名。

段子京摊摊手："那给我一年时间。"

梁元皓脸色严肃道："三个月！不能再多了。你既然答应了，我就放你在人间再留三个月，三个月后的这个时间我还来迎你，你好好在这里等我。"

说完告辞离去。

梁元皓一走，段子京立即吩咐家人筹备棺材寿衣等一应丧葬之物，并开始逐一向亲朋好友同僚告别。

家人不解，同僚更是不解："大人家里好好的，做这些东西干啥用？"

段子京："哦，也没什么，就是我可能得去死一死。"

众人："……"

段子京道："我有个好兄弟叫梁元皓，先我一步死了，阎王叫他来接我，我已经跟他约好了，不能失约。"

众人鉴定完毕，段大人这是因为痛失好友疯掉了。

等一切准备得差不多，三月之期也到了。

段子京沐浴焚香，打扮好，出门远望，果然见梁元皓带着人来接他了。

他将家属亲眷召集到一起，道："我今天差不多就要死啦，来握个手敬个礼告个别，不要伤心。好了，把脸给我盖上吧。"

说完，躺倒咽气。

直到又过了一年，段子京从下头上来出差，在家里住了几天，人们才渐渐相信，他临终之际说的话竟然是真的，并没有疯。

而且他身后隐隐约约始终跟着另一个鬼影。看上去斯斯文文，实际是个白切黑。

后来有人为段子京打抱不平，说鬼跟鬼咋还这么不一样呢？王子珍得鬼相助，平步青云；段子京命不好，死在鬼手里，可见人各有命。

也有人说谁知道呢？也许段子京的死也是心甘情愿，不然为什么梁元皓上来要带他走，他连自己的阳寿都不曾质疑，就毅然决然地答应跟着走了呢？兄弟之间的事，人家自己心里有数，咱外人还是别跟着乱嚼舌根了。

原文选自句道兴《王子珍》及《梁元皓段子京》

我的老婆不是人

（记者：陈玄祐 翻译员：沈吉祥）

大唐书局，编辑组。

主编："吉祥啊，你这篇稿子写得不错，措辞精准，语句方面都挺流畅的……但是，得改。"

吉祥掏出小本本："好的好的，改哪儿您说。"

主编："情节方面跌宕起伏，这是我非常欣赏的一点。只不过……我觉得，女主人设还可以再突破一点点。"

吉祥："丞相府小姐恋上落榜书生，这还不够突破？"

主编："啧。"抖腿沉吟摇头。

"……"吉祥，"那要不我把女主设定改成当朝公主？但皇室宗亲那边您得帮我兜着，我自己可没那么大胆子。"

主编："啧，还不太够。"

吉祥："拼了！女主是当朝贵妃行了吧？为了稿子，我这条小命不要了。"

主编叹气："还差那么一点意思。"

"还差点？"吉祥痛苦抱头，"您给我指条明路吧！"

"女主不能是人！"主编拍案而起，招招手叫吉祥附耳过来，"据我观察，普通女主角已经满足不了大唐宅男们的想象力了，我们这次要写就写跨物种的！我这有三篇范文，脑洞都突破天际，要不你先看看？"

《湘中怨解》
1.叮！捡到老婆一个

垂拱年间，圣上莅临太阳宫访察，随行的人里有位太学进士，小伙姓郑，喜欢到处背着手溜达。

这一天，他清早起来，从铜驼里出发，徒步直到晚上，乘着好月色，准备过一趟洛河桥。

这么不爱在家宅着，活该人家有女朋友。

小郑过桥的时候，看见他女朋友……不是，看见一美貌女子坐在桥下哭。

善良的小郑赶紧上前，关心询问："这位姐姐，你是怎的了？"

女子抬头，满脸泪痕不掩美色，反倒更加楚楚可怜，还没说话就先叹了口气："唉，你不要管我。身为一个从小没了爹妈，跟着哥哥磕磕绊绊长大的孤儿，嫂子非常嫌弃我，说我碍事。我心里苦，在这儿哭一会儿发泄发泄。"

小郑同情地看着她，他不怎么会安慰人，但是眼神非常清澈。

女子道："不行我还是投个河吧，死了一了百了，你不要拉我，你真的不要拉我。"

小郑："我没准备拉你啊。"

"……"女子，"好的我现在认真了。"说完起身要跳河。

"不要啊，姐姐。"这次小郑果然拉住她，"我不会游泳，一会儿没法救你的。"

救下姑娘，两个人并排坐在台阶上，他想了想又道："你若是没有地方去，要不先跟我回家？"

女子点点头："看你这么善良，我跟你回去做奴做婢，也好过回家挨打挨骂的。"

小郑忸怩一会儿："我不要你给我做奴婢，其实你可以做我老婆。"

女子脸一红："也行。"

不要问为什么剧情发展这么快，咱们大唐民风淳朴又开放，咋的了？多么完美的一见钟情两情相悦三生有幸四海为家。

2. 我老婆是个宝藏女孩

女子当真给小郑做了老婆，重新给自己起了个名叫"汜人"。

小郑发现自己的老婆不仅有颜，还很有才华。

她闲着没事，拿《九歌》《招魂》《九辩》什么的，随便背着玩，那可是《九歌》《招魂》和《九辩》欸，小郑上学的时候为学这个曾经挠破过头。

阿汜就不一样了，光会背也就算了，她还会融会贯通，小郑就听她编过一首《光风词》，内容如下：

"隆佳秀兮昭盛时，播薰绿兮淑华归。故室黄与处萼兮，潜重房以饰姿。见稚态之韶羞兮，蒙长霭以为帏。醉融光兮渺瀰迷，［远］千里兮涵涸湄。晨陶陶兮暮熙熙。舞婀娜之秾条兮，娉盈盈以披迟。酡游颜兮倡蔓卉，縠流［倩］电兮石发髓。"

看这辞藻之华丽，情感表达之到位，内容之难以翻译，是不是很优秀！

阿汜不单有颜有才，她还很有财，钱财那个"财"。

从她初登场的状态来看，小郑满以为她是个饭都吃不起的伶仃孤女。想不到这天家里经济困难，阿汜打开随身携带的一只小箱子，从里头挑挑拣拣，挑出最次的一段锦拿给小郑，叫他拿出去变卖。

小郑纳闷这点东西能值多少钱，结果转手就得了千金。

他这哪里是捡了个老婆，他这是捡了个聚宝盆啊！

显然小郑也跟笔者一个思路，关切地盯着他老婆，生怕一觉醒来老婆就变回本体，被他妈拿来装咸菜。

因为眼神实在太过于惆怅，阿汜忍着想揍他的冲动，一忍就是好几年。

几年以后两口子自驾游来到长安，这一天晚上，汜人很是伤心，对小郑道："其实我有个事一直瞒着你……"

来了来了终于来了，小郑跳着脚要去没收家里的咸菜，被阿汜拦了下来。

"事情可能比你担心的还要糟糕一点，"汜人道，"我原本是湘中龙王的婢妾，因为犯了规矩来陆地受罚，现在刑期已满，我必须得回去了。"

小郑哭唧唧："你不可以留下来吗？"

阿汜："我若是留下来，不用说龙王会发飙，就是我自己，也会受陆地上的空气污染，导致秃头、眼睑下垂、嘴唇干裂、灰指甲……"

小郑知道留不住她了，两口子抱头痛哭。

第二天，汜人走了。

又过了十来年，小郑变成了中年郑，他哥哥做了岳州刺史，举家搬迁到岳州。三月初三这天，全家登上岳阳楼看风景。

中年郑在宴上喝醉了，不知怎么勾起了伤心往事，吟诵诗歌表达悲伤之情："情无垠兮荡洋洋，怀佳期兮属三湘。"

还没吟诵完，但见高楼前方浪潮翻涌，有艘大画舫破水而来，浮荡水波好几里。中年郑有点慌，还以为自己吟诵诗歌的声音太难听惊扰了神仙，人家要来揍他。

刚准备跑，错眼一看，不跑了。

只见画舫上有彩楼一座，高百余尺，直入云端，雕梁画栋，云雾缭绕。随着距离不断拉近，阵阵仙乐自楼上传来，一众只应天上有的仙子云衣广袖，迎风而立，起舞翩翩，要多拉风就有多拉风。

其中领舞的那个仙女长相莫名眼熟，跟汜人一模一样。

她边跳舞边跟中年郑对了一首诗歌："溯青山兮江之隅，拖湘波兮褭绿裾。荷拳拳兮未舒，匪同归兮将焉如！"

曲调跟郑生刚才那首差不多的哀怨。

歌唱完，舞跳毕，她站在船头，静静望着中年郑。

四目相对，你懂我懂。

不知过了多久，江上骤然掀起狂风巨浪，等一切归于平静，汜人连同画舫全都不见了。

中年郑神情恍惚地伫立在原地，久久不能回神，方才发生的一切就好像传说中的海市蜃楼一样，乍然出现惊艳世人的眼，转眼便消逝无痕，不带走一片云彩。

只是年少时汜人留在他心头的那抹色彩，早已注定无法抹去了。

这竟然是一个悲伤的故事，老郑好惨，但是不要太丧，接下来我们讲个喜剧，名字叫作《离魂记》，又称大唐版《倩女幽魂》。

《离魂记》
3.我被大舅忽悠的那些年

这是天授三年，故事的男主角也不姓宁，他姓王，名宙，太原人士。

介绍王宙小哥之前，我们先来介绍他的老丈人兼大舅——张镒。

张镒原本是清河郡这旮旯的老乡，后来到了衡州做官，就举家搬迁到了衡州定居。

张镒这个人吧，性格稍微有点别扭，略微社恐，不爱同人交往，故而朋友不多，平日里所有的业余精力便用在培养孩子身上了。

张镒原本有两个女儿，长女不幸夭折，只剩下小女儿倩娘，倩娘没辜负她老爹的栽培，长得那叫一个如花似玉、聪慧机敏。

期间咱们男主王宙，常常有事没事就来他大舅家玩耍，小王这孩子长得浓眉大眼，小时候是个正太，长大了有点小帅。

他跟小倩非常有共同语言，是很登对的一对青梅竹马。

张镒自己没有儿子，因此很喜欢男孩子，看这俩小孩儿两小无猜的样子也很开心，不止一次跟小王说："等你长大了，我把小倩许给你做媳妇，好不好？"

家长不过这么随口一说，俩实心眼孩子就当了真，瞒着家长处上了对象，处着处着，感情日益深厚。

转眼倩娘到了出阁的年纪，张大人门下有个幕僚对小倩比较倾慕，就跟张大人提了亲。

张大人竟然一口答应了。

答应了。

应了。

张大人不是我说你，你是不是有点记忆力衰退？狼来了的故事你听过没？曾子杀猪的故事你听过没？你半夜醒来，难道就没感觉自己的良心有点抽抽吗？

小倩哭晕在厕所。

小王这厢也不好过，连夜写诗，写一宿，题为《我被大舅忽悠的那些年》，完了找他大舅告辞，推说自己要调任到京城，走了。

张镒对这个大外甥本来就喜欢，看他要走还有点伤心，压根不知道是因为自己干了啥不是人的事。

4.硬核小倩给你表演一个水上漂

小王很悲怆地上了船，只想早点离开这个让他伤心的地方，于是让船夫快点走，最好能"两岸猿声啼不住，轻舟已过万重山"。

千重万重，反正山水不相逢。

船夫得到指示，一顿操作猛如虎，虎到一个什么程度呢？小王在船舱眯了一觉醒来，夕阳西下，小船已经划出了好几十里。

小王竖起大拇指对船夫说："老哥你是个人才啊。"

但是小王仍然不开心，这天夜里，他辗转反侧睡不着，忽然隐约听见岸上有人大声呼喊自己的名字。

小王好奇，走出船舱一看，岸上有个纯白倩影，步履匆忙仿佛在追赶什么人，一见他出来，也顾不上许多，凌波踏浪飞速赶到了船边。

船夫听到动静出来看，一看之下了不得："啊啊啊啊，有鬼啊！"

小王上去一顿锤："乱讲！那是我女朋友，我女朋友是仙女，你看她美妙的身姿、优雅的动作……话说，你能不能从我身上下来？"

"……"船夫连忙把手脚松开。

小王和小倩相见，惊喜发狂，二人执手凝噎。

"你光着脚冷不冷？我给你焐焐。"小王一边给小倩焐脚一边问，"你是怎么来的？"

小倩泣道："你留下的那首诗我看了，一想到你对我用情这么深，我就睡不着觉吃不下饭，满心只想着舍下这条命来找你，连夜来同你私奔。"

小王听了这话，眼泪也"唰"地下来了，无比感动道："何必如此呢？"

小倩羞答答低下头，只说了六个字："知君情深不易。"

得妻如此，夫复何求？这实在是意外之喜，小王听完雀跃不已，连忙将小倩藏进船舱。

给力的船夫重新上线，又是一顿摇桨，短短数月便把一对小情侣送到了四川地界。

5.影分身式私奔

两人和谐美满地过了五年，儿子生了两个，要说唯一的美中不足，就是小倩自从出来以后就跟父母断绝了来往。

这天小倩对王宙道："我当年为了不辜负你，背着家人出来找你，满心只想着负了你我有愧；可家人杳无音信五年多，不能守在父母面前尽孝，如今我也觉得有愧，唉，人生怎么这般艰难。"说着说着流下泪来。

这给小王心疼得不得了，宽慰道："莫哭莫哭，想家了我们就回去看看！"

小倩破涕为笑。

于是两人带着崽乘船返乡，又回到了衡州。一路上小王脑中闪过了各种家庭伦理剧的搏斗场面，唯恐小倩和孩子受伤，遂自己先去他大舅家，打算挡挡火力，承受第一波攻击。

"大舅！"

"阿宙！"

一进门，小王"扑通"就给他大舅跪下了，为自己擅自带走小倩的事给他大舅磕头赔罪。

他大舅："大外甥你别吓我好不好？我家小倩分明自尽未遂，生病在家卧床好几年，哪里来的跟你走天涯？"

王宙也不懂这是什么操作，但笃定小倩就在自家船中："我知道我说出来大舅你可能不信，您只着人跟我走一趟便知道了。"

张镒于是派个小厮跟着去看，小厮也果然在码头看见了小倩，小倩搂着孩子安然坐于船舱中，含笑问他："我父母家人都还好吗？"

"……"小厮"噔噔噔"后退三步，撒腿就跑，跑进门就喊，"老爷哇！是真的，真的有个小姐二号！还给你带了两个小外孙！"

张镒持续石化中。

正在这时，张家病床上的小倩一号忽然起身，梳洗打扮好走出门来，那叫一个健步如飞。她见了众人，也不说话只是神秘微笑，跟带着崽子从门外归来的小倩二号站在一处，两人从发丝到脚后跟，连身上穿的衣服都一模一样。

两个小倩渐渐重合，融为一体。

夫妻二人拜见父母，一家人欢聚一堂按下不表。只是这事情实在蹊跷，张家人选择低调不说，只有相熟的几个亲戚知道。

后来又过了四十年，小王和小倩夫妇两个相继病逝，两个长大成人的崽都很有出息，接连考中做了大官。

就问你神不神奇？这可能就是传说中"好看的皮囊千篇一律，有趣的灵魂万里追你"的最高境界吧。难怪后世有位叫汤显祖的巨匠写道："情不知所起，一往而深。生者可以死，死者可以生。生而不可与死，死而不可复生者，皆非情之至也。"

已经没有什么能阻碍有情人终成眷属了。

接下来讲个更神奇的，注意保护好自己的下巴。

《申屠澄》
6.老申日记：我和我老婆相遇的第一天

贞元九年腊月十日，天气：大雪。宜投宿。

大家好，我叫申屠澄，这是我人生第一篇日记，因为我感觉必须写点什么来描述一下我对于以下事件的震撼。

事情是这样的。

本人从小就热爱学习，喜欢吟诗作赋。经过多年的不懈努力，我终于通过科举考试，从一介布衣百姓成了一个对国家有用的人。

这天，接到上司指令的我去补任濮州什邡尉，刚走到真符县往东十里，迎头就碰上了大风雪，你说倒不倒霉。方圆十里没有人烟，在我和我的马顶着风艰难地跟暴雪天气做斗争的时候，幸运女神降落我身边——我看到了一间茅草屋。

一定是我的英俊与才智感动了上苍，他不忍心像我这样优秀的人就这么被冻死。

于是我赶紧上前敲门，透过窗子可以隐约看到屋子里炭火烧得非常旺，肯定很暖和，不知道炭火当中有没有埋个芋头。

不久一个老头出来开门，让我进去。

进去以后我发现他的老伴儿和女儿也坐在炭火前烤火，他闺女往门口看了一眼，便害羞地低下了头。

我也有点害羞，这小娘子长得可真好看，她看上去也就十四五岁年纪，虽然头发蓬乱，衣服也破破烂烂不大干净，但是丝毫不影响她的颜值：她的皮肤像雪一样白，眼睛像明珠一样明亮，嘴唇像樱桃一样红……你看我这么有文化看到她都词穷，可见她有多么美。

"远方来的客人，请你过来烤烤火。"老两口对我说，并且让了一个位置给我。

这个位置就挨在小娘子旁边，我挪着步子坐下，心中的小鹿都撞得不行了。

跟姑娘以及姑娘的父母聊了会儿天，眼看雪越下越大，这让我有点为难。我必须澄清一下，我真的不是因为觊觎人家小姑娘的美貌，才开口想留下来的，着实是因为雪太大并且我想吃烤芋头。

于是我试探道："老伯，您看雪这么大，我今天是走不了了，能不能冒昧在您家打扰一宿？"

老两口对视一眼，笑道："鄙室简陋，客人要是不嫌弃，就尽管在这里住下。"

我赶紧道："不嫌弃不嫌弃。"说着一溜儿小跑出去搬行李，回来铺床。

我怀疑姑娘喜欢我是有证据的，趁我铺床的工夫，姑娘就飞速换了一身衣服，重新梳妆打扮好了出来见我。只见她从头到脚焕然一新，难怪说人靠衣装，变身后的姑娘容光焕发，比先前我进门时又美了好几个加号。

我心里乱撞的小鹿以肉眼可见的速度膨胀成了大骆驼，撞得我肋骨都跟着抽抽。

姑娘看我捂着胸口，关切问我："大哥你咋了？"

"没事没事，"我赶紧道，"我就是看到你有点心跳加速。"

这时候姑娘她妈妈进来打断了我的表白："客人在外头受了一天的寒气，须得喝点烧酒暖暖身子才好呢。"

姑娘妈妈真的好贴心。

我眼看着她麻溜地把酒烫好摆上桌，姑娘爸爸也上桌端起碗，要给我敬酒。这怎么能行呢？我赶紧道："应该由我来先敬主人才是。"

酒过三巡，满座微醺，席上却始终只有我和姑娘的父母。不懂就要问，我于是问道："小娘子怎的不上桌？"

姑娘妈妈道："她一个乡下粗丫头，上不得台面的，怕惹客人笑话。"

这位妈妈可能对自己女儿的美貌认识得不是很清晰。

我刚要出言辩驳两句，一旁的姑娘自己笑着说道："酒又有什么珍贵的，只是有人不许我喝罢了。"

好一个伶牙俐齿的姑娘，她妈听后一拉她的裙子："就你有嘴，还不快好生坐下。"

剧情进展到这里，我福至心灵，忽然觉得自己好肤浅，只顾着欣赏姑娘的外表了，我还应该考察考察她的才华。

于是我提议："干喝酒没什么意思，不如我们来行个酒令啊？不醉不归那一种。"

姑娘笑："这么大的风雪，你不是本来也没打算归吗？"

"……"这下我不仅心肝儿和肋叉骨疼，脸也开始有点疼。

为了掩饰尴尬，我指着外头不友好的天气："既然如此，请姑娘根据这天儿来背个诗。"

姑娘不怕，当即吟道："风雨如晦，鸡鸣不已。"

妈呀，不仅声音好听，还通晓《诗经》！这种仙女人设的姑娘简直太符合我的择偶标准了，我当即拉着姑娘她爸我亲老伯的手："叔啊，你姑娘是个人才啊，我能不能娶她？"

我激动不已的手不住颤动，差点把姑娘爸爸脸上的褶子抖匀称了。

姑娘爸："不瞒你说，我就这么一个姑娘，平日里也是放在心尖尖上宠着的，不少人来提亲我都没答应，但没想到像你这么帅的小伙儿也喜欢我家姑娘，老汉我好意外。"

听这个意思，老伯他显然是答应了啊！

我顿时就沸腾了，疯狂思索身边有啥能送给姑娘当聘礼的。老两口摁住四处搜刮东西的我，姑娘妈妈道："别忙活了小伙子，你只要不嫌弃我们家贫困就成了，还要什么聘礼。"

这一夜我因为感动加激动过头睡得很晚，不是我承受能力差，谁能想到出来上个任，还能平白捡个老婆回去呢？

许是一颗心被大骆驼撞得太厉害，我做了半宿噩梦，梦里一公一母两只大老虎带着老虎崽子跟我坐在一起抢芋头吃，那小虎崽子贼能吃，我都抢不过它。

7.老申日记：我和我老婆相遇的第二天

贞元九年腊月十一日，天气：晴。宜上路。

第二天，我还没起床，就感觉有双大眼睛直愣愣盯着我，直接把我吓醒了。

原来是姑娘她妈，我准岳母："小申啊，你看你和我女儿的事儿已经定了，我们这块儿荒无人烟，房子老旧不够住，你此番上路，就把她带走呗。"

"啊？"我措手不及。

草草收拾好行李，我们新婚小两口就被老两口送上了马，身后岳父岳母擦窗式摆手，依依不舍，但说实话作为父母，他俩的心可真够大的。

坐骑小白可能有点怕生，原来被我骑的时候疯狂尥蹶子，现在载上了我媳妇，就变得乖顺无比了。

也有可能是我媳妇天生闪闪惹人爱，连小动物都喜欢她。

8.老申日记：最初和最后的那个地方

贞元 X 年 X 月 X 日，天气：阴。忌回门。

岁月如梭，转眼我们结婚已有数年，就说说我上任以后的事吧。

我其实感觉挺对不起我媳妇的，因为我薪水很低，养我自己可能才刚好够用。

但我媳妇不光不嫌弃我，还把我们家管得井井有条，不管是家里亲戚还是小厮仆从，都很喜爱她。

人家是男主外女主内，我们家是女主外女主内，我媳妇不仅下得厨房还上得了厅堂。她交友广泛，长得好看会说话，邻里乡亲没有不欣赏她的，我们刚来十天，当地好多人便都听说了她的美名，爱屋及乌，他们捎带着对我也不错。

每天醒来，我都觉得自己比昨天更爱我媳妇了。

等我任职期满，要光荣退休回老家的时候，我们已经有了一男一女两个娃，两个孩子聪明又可爱，聪明随我，可爱随她。

我连夜给我媳妇写了首《赠内诗》，感谢她给了我一个如此圆满的家："一官惭梅福，三年愧孟光。此情何所喻，川上有鸳鸯。"

我媳妇将我这首诗看了又看，口中喃喃，仿佛也在默默相和，但终究没有出声。

我记得初见她的时候，她也是很有才华的，我之所以爱上她，就是始于她的颜值，陷于她的才华，忠于她的人品。所以我试图问道："要不夫人跟我对作一首？"

她摇摇头："为妇之道，不可不知书达理，但若真絮絮叨叨吟起诗来，反倒像老妇媵妾了，徒惹人笑话。"

那时候我忙着收拾行李回老家，对她关心得不够，没有看见她一瞬间黯淡下去的目光。

在返乡前，我计划带上两个孩子，沿路回去先去她家看看她爸妈，毕竟她也有很多年没回去了。

我们全家过了利州，过了嘉陵江畔，进入了一处深山。坐在草地上休息的时候，我媳妇她四十五度仰望天空，再仰望远处丛林，浑身散发着文艺女青年的光芒。

我问："夫人你如此忧郁是为哪般？"

我媳妇怏怏不乐："之前你为我写过一首诗，我本想低调一下不回你，但是我的实力不允许，此情此景更是让我有感而发，要不我现在回你一首？"

媳妇有了灵感，那必须无条件支持，我带着两个崽子"啪啪"

鼓掌，抢夸道："好诗！"

她无言看着我们，轻轻念道："琴瑟情虽重，山林志自深。常忧时节变，辜负百年心。"

我夫人诗作得通俗易懂朗朗上口，我不许你们听不明白，简单翻译一下：这首诗主要表达了她内心对于自由的向往，和不想辜负我与她百年好合的心意。

但是我有一点不解："夫人你思念的应该是家里的岳父岳母，怎么感念的却是山林呢？"

我夫人垂眸不语，只顾流泪。

这下可给我心疼得不行，我只好握着她冰冷不似常人的手安慰道："别伤心啦，我们马上就到你家了，到时候我们陪着老人家多住两天。若是他们因为你长期不回去而生气，你也不要伤心，其实我总结了，人和人的缘分啊薄弱得很，指不定什么时候说散就散了。"

夫人听我说完，哭得更惨了，然后我就被孩子们鄙视了，孩子们说我这不是安慰，一点也不浪漫。

又过了二十来天吧，我们终于到了我媳妇老家。

没想到物是人非，草屋仍旧是原来的破烂草屋，只是我岳父岳母已经不见了踪影。

这里好像很久都没有人住了。

我们勉强收拾了一下，在这里停留了几日，我夫人日日以泪洗面，哭得我这颗心也跟着凉凉的。直到某天孩子淘气，突然不知道从哪个犄角旮旯搜刮出一张旧虎皮。

媳妇看了，登时不哭了，相反还有点高兴，平时那么爱干净的人都不嫌弃那上头有灰，大笑道："原来这个还在啊！"

不知道是不是每个女人都有穿皮草的渴望，她二话不说将这东西披上身，接下来就是我见证奇迹的时刻——

我老婆，当着我的面，变成了一只大老虎，五彩斑斓的大老虎！

我脑海中空白过后，陆续闪过从前知晓的无数志怪小说……怎么办，怎么办！一会儿我老婆要是想吃我，我该怎么办？

记得她平时不吃辣，那我现在开始往身上抹辣椒面儿还管用吗？

怪不得人家都说狠婆娘是母老虎……

可是我老婆理都没理我，她……它向我咆哮了一声，就高冷地远去了。

我牵着两个崽，沿着她狂奔而去的道路久久找寻，望着茂密幽深的山林，号啕大哭。我知道，不管我再怎么哭她都不会回来了，我的媳妇回到了真正属于她的地方，其实从家到这里的一路，她都在跟我告别。

最后，把那句话送给我自己："人和人的缘分啊，薄弱得很，指不定什么时候说散就散了。"

可我会永远记得她，还有她可爱的小虎牙。

> 改编自沈亚之 《湘中怨解》
> 陈玄祐《离魂记》及薛渔思《申屠澄》

追仙指南

唐朝版《她是龙》

(记者：李朝威　翻译员：沈吉祥)

谈恋爱吗？突破了种族限制唯美浪漫的那种。

下面这个传奇还有个好听的名字，叫作《洞庭灵姻传》，又名《她是龙》。是的，你没看错，女字旁的她。

1.只是因为在羊群中，多看了你一眼

今日为大家介绍一位奇才。

在唐高宗时期，有个儒生姓柳名毅，高考没考中，沮丧回乡。

临行前他想起来有位老乡在泾阳，寻思得去告个别。

策马奔腾了得有六七里，突然前方惊起飞鸟一片片，惊得他坐骑登时就撒了欢，跑偏了又得有六七里，才忽然停下了。

难怪停下了。

原来前方有个放羊的小姐姐，长得贼美贼美，一看就不是寻常人家的姑娘。

小姐姐长得好看，但是表情忧伤，且穿戴破旧，在路旁呆呆立着，好像在等待什么人。

柳毅虽然是书生，可一直有个愿望，就是当个仗剑走天涯的侠客，一度因为没有钱买剑而让这个愿望搁浅。

眼下竟现成有个委屈的小姐姐，一看就是遭遇了不公待遇，此时不出手更待何时！

于是柳毅立马上前关心："这位姐姐作甚这般委屈，怕不是羊不好放吗？"

小姐姐在这儿立了不知道多少天了，因为她容颜驻足回头的行人有很多，却只有这位愿意停下来关心她有趣的灵魂。她先是婉拒了一下，见柳毅还没有走的意思，终于忍不住泪水决堤："唉，我不爱卖惨，其实也没什么。我本是洞庭龙君的女儿小龙女——跟杨过没有关系，我是头上有犄角的真龙女，我爹千里迢迢将我许配给了泾阳君的二儿子，且不说我一条外地龙吃不惯他家这边的肉夹馍和凉皮，单说我那公婆就不是个好相与的。我夫君风流成性，跟家里的鲤鱼精泥鳅精什么的不清不楚，天天压迫欺负我，我跟公婆说了他们也不管，还帮着夫君一同欺负我，把我一个龙赶出来放羊，实在太不尊重我了，也不尊重羊。"

小龙女越哭越伤心："洞庭湖离这里太远了，我没办法逃回娘家，这位小哥，我瞧你倒是要往南边去，可愿意帮我给娘家捎个信吗？"

美人梨花带雨，有生之年誓要"路见不平拔刀相助"一回的柳毅岂有不答应的道理？全身热血沸腾，恨不能立即长出翅膀来，飞回去给小姐姐把事办了，可惜他是个灵长类。

"小姐姐别说你难过，我这个外人都看不下去了。"柳毅仗义地一拍胸脯，"你这个事我管定了。不过还有个小问题，我是凡人，要是到了洞庭湖，又该怎么去龙宫呢……你看我就会个狗刨行吗？"

小龙女："千言万语来不及说，还望壮士一路保重。如果能得到回音，小女子即便死，也要报答义士的大恩。我不是条爱道德绑架的龙，方才壮士没答应，我怎么敢轻易开口？"小龙女沉吟道，"其实说起来，洞庭龙宫跟人间的京城没什么不同。"

柳毅："姐姐你讲。"

小龙女想了想，接着道："在湖南岸有棵大橘子树，世人都管它叫社橘，那就相当于我家大门了，你找到那棵橘子树，就把腰带解下来……"

柳毅大惊失色："怎么你家待客方式这么特别吗？我行走江湖靠的是一身才艺，绝不是别的！"

"义士误会了，解腰带是为了方便你束别的东西，比如石头什么的，你束好了就在树干上敲三下，这是我家族人才知道的暗号，相当于你们人类的'芝麻开门'，到时候自然会有人出来接应你的。"

柳毅："你确定是人？"

龙女默了一默："那个……反正你要是爱吃河鲜的话，先在别处吃饱了再去敲门吧。"

"哦，了解了。"

小龙女继续："你跟着接应的人走就能进入龙宫，到时千万别忘了把我的遭遇尽数告诉我家里人，这儿还有我的一封亲笔信。"说着，拿出信来交给柳毅。

柳毅妥帖收好，不经意又瞥见她放的那些羊，忍不住道："起先也不知道你放这羊有啥用，咱也不敢问。眼下咱俩算是朋友，冒昧问一句,这是你的储备粮吗?"

龙女:"壮士说笑了,我这羊看着是羊,其实是一群'雨工'。"

柳毅再看羊群,发现它们果然跟寻常的羊不大一样,这些羊看着姿态很高冷,吃得更多,看上去肉质更肥美,裹上面粉炸至金黄都能馋哭隔壁小孩。

不懂就要问,柳毅问:"'雨工'是什么?"

龙女答:"就是给龙神下雨的时候打辅助的小仙。"

这么一说柳毅就明白了,他点点头:"人类也不尽然是坏人,比如……比如我,你以后若是回了洞庭重获自由,再见了我,可不可以不要装作不认识我?"

"不光要认识你,还要……还要……"还要什么,龙女始终也没说,只是深深朝他一拜。

柳毅与她告别,往东几十步,再回过头,龙女和羊群已经隐去,看不见了。

2.湖底世界免门票一日游

这天傍晚,柳毅到泾阳告别了他的朋友,就启程回乡。

约莫过了一个月,才到了老家,他始终将龙女的事儿铭记在心,一点儿不敢耽误,马不停蹄去了洞庭湖。

按照龙女先前嘱咐的,到了洞庭湖南岸,他果然看见了一棵社橘,解下腰带系上块石头在大树上敲了三下。

只见面前原本平静的湖面顿时波涛汹涌,有个虾兵伛偻着腰踏波而来,头顶两条长虾须一晃一晃,姿势很浪。

柳毅看了他许久:"敢问兄台如何称呼?"

虾兵差点被他给看熟，红着脸道："您叫我小龙就行，贵客从什么地方来？"

柳毅决定先不告诉他实情，只回答："我是特意来拜见你家大王的。"

叫小龙的虾看他相貌堂堂，也没多想，举螯将湖水划开，露出道来，对柳毅道："你先把眼睛闭上，很快就到了。"

柳毅依言照办，不一会儿就到了龙宫。

睁开眼睛，目光所及之处一座座高楼耸立，楼台殿宇映着头顶潋滟光影，非常迷眼睛。

这里各家各院栽种着陆地上看不到的奇花异草，极尽妍态，蔚为壮观。

小龙虾将柳毅带到一处宫殿便停了下来："贵客就在这里等着吧。"

柳毅："这是什么地方？"

"灵虚殿。"

柳毅抬头打量四周，只觉得世上所有珍宝差不离都聚在了这里，整座大殿富丽堂皇，白壁作殿柱，青玉铺作台阶，珊瑚作床，帘子是用水晶串的，绿色的门楣上镶嵌着琉璃，红色房梁上装饰着琥珀，那叫一个光彩陆离，奇幻似梦。这么说吧，但凡来的是个心思不那么坚定的，都能就地撬一块砖跑路。

但是柳毅没有，他坐在钱堆中央稳如泰山。

等了好大一会儿，也不见龙王。

柳毅忍不住问虾兵小龙："洞庭君怎的还不来？"

小龙叫他别急："我们大王正在玄珠阁，跟太阳道士谈论《火经》，待会儿就出来了。"

"什么经？"

"《火经》，我们大王是龙，龙显灵主要靠水，用一滴水就可以给你表演一个水漫山垫；太阳道士是人，人擅长用火，豆大的灯火就可以叫偌大的阿房宫毁于一旦。水和火的作用截然不同，道长又精通人间道理，我们爱学习的大王便请他来讲讲经验。"

正说着，宫门大开，一群侍从浮光掠影中走出，远远看去像一团行走的云——目测可能是群水母，水母中间拥簇着一位身穿紫袍、手执青玉的仙君。

小龙虾顿时激动，一蹦一蹦："看！这就是我家大王！"蹦跶着上前给他家大王汇报去了。

洞庭君按住躁动的小龙虾，抽空看了柳毅一眼："阁下可是从人间来的吗？"

柳毅道："正是。"上前行礼。

洞庭君也回了一礼，请他上座，问道："恕我愚昧，洞庭湖底幽深，先生不远千里来此地，有何贵干？"言外之意是你个凡人咋知道来我家的方法。

柳毅忙道："我也是从小在湘江水边长大的，跟大王您算个同乡，前些日子进京赶考没考上，闲来无事去泾河岸边游玩，看见大王的爱女在野外放羊，风吹雨打日晒，状况实在是惨。我这个人最爱打抱不平了，于是上前问她缘故，她跟我说她丈夫虐待她，公婆也不体谅，反而帮着丈夫欺侮她，以至于将她逼到了绝境。她跟在下说这些的时候，泪如雨下，悲伤难以自抑，十分可怜。"

"她托我捎一封书信给大王，我答应了，这才来到龙宫。"他说完，拿出龙女的信递给洞庭君。

洞庭君看完自己闺女的信，忍不住掩袖哭了起来，老父亲也是不容易："是我这个当父亲的不好，识人不清，眼睛也瞎耳朵也聋，竟对远嫁的闺女不管不问，你一个路人，尚且都能这般仗义，拔刀相助，大恩大德我实在不敢忘。"长长叹息一声，又兀自沉痛了好久，惹得在场虾兵蟹将水母等一干淡水生物也跟着伤心起来。

洞庭君好一会儿才将信交给一旁的近侍，嘱咐他送进内宫去，叫其他家人也知晓一番。

柳毅见他还不算糊涂，没有顾忌自己颜面置女儿的生死于不顾，不知怎么暗自松了一口气。

需知人间尚且还有"嫁出去的女儿泼出去的水"一说，对比之下，这位洞庭君很是对他的脾气。

过不多久，内宫里已经哭成一片。

洞庭君先前沉浸在悲伤中，没考虑周全，这会儿听见哭声才反应过来，马上起立，吩咐侍者："快去告诉他们，不要哭这么大声，给钱塘君知道了怕是要完。"

柳毅见他这么慌张很是好奇："钱塘君是哪位？"

洞庭君："是我的爱弟，以前他是钱塘长，只不过如今已被罢免了官职。"

"为何不能叫他听见哭声？"他难道是条声控龙？

"因为他勇猛过人。"

"……"柳毅道，"不是很懂。"

"唉，先生有所不知，我这个弟弟吧，哪儿都好，单看外貌也是跟我一样仪表堂堂，就是脾气不好，属炮仗的，不点自己都能爆。上古帝尧在位之时，他一个不开心就闹过九年的洪水，最近因为跟天将们闹了点小矛盾，又发大水淹了五座大山。天帝看在我平日里多有建树的面子上，才饶他一命，将他拘禁在我这里赎罪，也不晓得什么时候是个头儿，钱塘那边我弟妹侄儿还盼着他早日回去呢。"

话音刚落，一声巨响震耳欲聋，一时间天崩地裂，宫殿都差点被震飞，云雾翻涌间，一条巨龙闪现。它身长千尺，长舌血红目光炫，全身鳞甲，鬃毛通红似火焰，脖子上还拴着金锁链，好几个人合抱的玉柱都拴不住它，它一路咆哮着发出火花和闪电，横冲直撞要上天。

吓得柳毅当场给它表演了一个原地匍匐。

洞庭君亲自将他扶了起来："放心，你没有危险，你这个体格尚不够他塞牙缝的。"

"……"柳毅毫不迟疑，"告辞！我还想多活几年，等他走了我再来！"

洞庭君无奈道："他也就开场震撼些，回来的时候就不会了，我保证！先生总得给我个机会叫我报答一二。"说完赶紧平了地震，叫人摆宴给贵客压惊。

柳毅平静了好一会儿恢复了心情，看在宴席好吃的分上留下了。

3.你家的堂叔燃点数不清

觥筹交错一阵儿，好好的湖底竟然起了微微暖风，彩云融融一片祥和，幢节玲珑，仙乐飘飘。只见无数曼妙侍女携手而来，笑语盈盈，走在最后的一位鲛绡为带，明珰满身，真是仙女下凡，柳毅定睛一看，正是先前见过的苦命龙女。

只是人靠衣装，眼下小龙女比放羊时候又美了好几个加号。

她脸上神情似悲似喜，还在不断落泪。须臾，轻烟舒蔽，香气环旋，她就这么被簇拥着飘进内宫去了。

洞庭君在旁看了也很是欣慰，对柳毅拜了一拜："在泾阳受苦的人回来了。"说完进去同女儿团聚，一堆人在里头哭得不能自已。

半晌，洞庭君才重新出来，继续跟柳毅吃饭喝酒。

洞庭君不是一个人来的，他旁边还跟着一位也穿着紫袍手拿青玉的仙君，果然气质出众，别的不说，他们这一窝龙的颜值，凡人柳毅表示叹服。

洞庭君指着这位仙君对柳毅道："这位就是钱塘君。"

原来他就是先前那位炮仗，小龙女他叔。

柳毅连忙起身跟他对拜行礼，怕拜得晚了他回头再自燃了。

不料想钱塘君这会儿却很是彬彬有礼，对柳毅投以欣赏的目光："侄女不幸，遭遇渣男一家，全仰仗您侠义心肠，把她的信带了回来，不然她现在早已经是泾阳地界上的一抔黄土了，感激之情难以言表……"说着瞄了一眼案上的一坛琼浆，拿起来就要跟柳毅对干，"话不多说都在酒里了！"

柳毅："……"他想回家找妈妈。

龙女他二叔却整条龙都高兴起来，转头对大哥："哥哥我有个好消息还有个坏消息，你要先听哪个？"

洞庭君心里咯噔一声，觉得不妙。

"哥哥不要慌，你看我饱含深情的眼睛。"

洞庭君表示没眼看："你有事直说。"

"哦，那什么……我方才不是听说了我大侄女在那边受苦吗？辰时从灵虚殿出发，巳时我就冲到了泾阳，午时在那边干完架，未时我已经完事回来了，我厉害不？"

洞庭君静静看着他。

钱塘君："就时间这么紧凑，我还抽空上了趟天，找天帝诉了个苦，天帝一听我侄女受了这么多委屈，都没忍心责备我，连我过往的罪责都一并免了呢。虽然他这么惯着我，但是我不能自己惯自己，我检讨，刚才我走的时候太急，吓着了贵客，我自责我惭愧我赔礼。"说着果真朝柳毅一拜。

柳毅搞不清他什么想法，这个礼受得很蒙。

洞庭君忍无可忍，怒怼他弟："你就直接说这次又造了多少孽，残害了多少生灵？"

"六十来万……吧。"

"糟蹋了人家多少庄稼？"

"也就方圆八百里……吧。"

"……"洞庭君扶着墙，"我能抽死你吗？还有我那个无情无义的所谓女婿呢？"

钱塘君："我干架干到一半干饿了，索性将他一口吞了，估计这会儿也消化得差不多了……"

"……"洞庭君，"算了，那小子黑心烂肠被吃活该，此次多亏玉帝英明罩着你，才解了我女儿的冤屈，只不过你从今以后能不能别再这么鲁莽了？"

钱塘君一拜再拜，发誓自己今后绝对改。

4.我们龙穷得只剩下钱了

当天晚上，洞庭君请柳毅留宿龙宫凝光殿。

第二天，他又在凝碧宫宴请了柳毅一回，整个龙窝出动参加盛宴，席上美酒佳肴应有尽有，堂前还搞了支乐队，排面相当大。

这边乐队吹起胡笳号角，擂起战鼓，红旗招展人山人海，那头领队的上前来报幕："下面为各位演奏一首《钱塘破阵乐》。"

只听鼓声阵阵，但见刀剑缭乱，万名壮汉威风凛凛，听得在座宾客寒毛直竖，稍微把持不住的甚至现了原形。

少顷，又闻轻柔丝竹悦耳之声响起，环翠叮咚，绫罗齐舞，数千舞女鱼贯而出，还是领队的上来报幕："接下来再给大家奏一曲《贵主还宫乐》。"

这支曲子清音宛转，似有一妙龄女子在耳边如泣如诉，幽怨不可说，男的听了沉默，女的听了流泪，场面一度非常感人。

载歌载舞完毕，洞庭君十分满意，对各位演员各种点赞打赏。

吃嗨了的众人索性拼了个桌，个挤个挨着坐，仙凡一家亲。

酒过三巡，洞庭君喝大来了兴致，手拍着桌面乘兴而歌："天苍苍，地茫茫，人各有志啊怎能思量，狐神鼠圣啊它也得依土靠墙，雷霆一怒有谁敢当，多亏有仗义的人儿啊，让我骨肉还乡，好生惭愧啊这恩德永远不敢忘！"

哥哥唱完了，钱塘君也不落后，隔着席面跟他哥对上了："天定姻缘啊生死有命，这个不该做他妻啊那个不配做夫，我侄女命苦啊，在泾阳地盘上风霜满鬓，多亏恩公捎来书信啊，使我一家骨肉团聚，永远祝福你啊友谊地久天长。"

不要在意这歌押不押韵，反正情感表达得很到位，兄弟两个热泪盈眶齐齐向柳毅祝酒。

柳毅豪爽地干了这杯，酒杯放下却见在场各位都直勾勾等着自己。

他心道，咱也不知道他们龙族酒席上还有这等习俗，但寻思着不能怯场，就入乡随俗，也对起了山歌。

"啊，那么……碧云悠悠，泾水东流，可怜的美人她雨泣花愁，远远把信传啊为君解忧。哀冤昭雪她得以回乡，承蒙款待啊欲说还休，离家已久我家里空寂，所以实在不能久留，想起这就要离别啊还有点愁……"

妥妥唐朝好声音，众人听得纷纷转椅子，山呼"万岁"集体点赞，也是对各位选手没什么太高要求。

别的不说，这一大家子倒挺给面儿。

到了高潮送礼环节，洞庭君拿出一个碧玉箱子，里头放着一只能使水分开的犀牛角；钱塘君拿出一个红色的琥珀盘子，里头还盛了颗夜明珠，都送给柳毅。

柳毅："不了不了吧。"连吃带拿是不是不大好。

钱塘君将宝物往他怀里直塞："不拿就是看不起我！"

柳毅思考了一下看不起他的后果，诚惶诚恐地收下了。

钱塘君开了这个头，其余人也纷纷以礼相赠，柳毅不好厚此薄彼，谢绝不过便都收下了。

他们这帮人仗着人多，巴不得用珍宝埋了柳毅，过不了一会儿，柳毅身边的宝贝就成堆成垛了。

柳毅抹了把冷汗，打又打不过，说也说不过，这帮龙真让人没辙。

他顶着巨大压力将礼物收下，当天晚上仍旧住在凝光殿。

5.柳哥在线教你做人

第二天清早，龙族各位又在清光阁宴请柳毅，这次说好了是送行。

钱塘君借着酒意，板着脸瞪着眼，迈步过来对着柳毅看了半天，直看得柳毅捂胸倒退好几步，忽然钱塘君两腿一屈，就在他面前蹲下了。

柳毅："……"

钱塘君凶巴巴："恩公，有句名言你知道吗？"

柳毅："啊？"

"叫作石头只能碎不能掰弯，士可以被杀但不可被羞辱。"

柳毅想了想："你说的是'宁为玉碎不为瓦全，士可杀不可辱'吧？"

"这不重要！重要的是我有个想法必须跟你说，说出来你要是答应了对大家都好，你要是不答应那么谁都别想好过！"

"那我答应了。"

"……"钱塘君，"可是我还没说！"

柳毅愁得慌："那您请说？"

钱塘君这才满意："你看，我大侄女温柔可爱贤惠大方，先前不走运嫁给了泾阳那条渣龙，受尽了委屈，不过这件事已经了结了，就让我们将往事都随风。我意思是，我想把她托付给你这样有情有义的小伙子做老婆，你看好不好？从今以后，我们世代做亲戚。她受了你的恩惠应当以身相许，你若对她有爱意就应该大胆表白，这才是好人做到底送佛送到西。"

他期待地看着柳毅："怎么样？我这个提议是不是很棒？"

柳毅看着他，没压住自己冷笑的唇角："原来你打的是这个主意。"

三天前还匍匐在地的书生瞬间挺直了他的腰杆，冷眼看着钱塘君："我先前听说尊上跨九州怀五岳，愤怒发泄起来人人怕；又亲眼见你断金锁、掣玉柱慷慨而去，解人危难，敢爱敢恨，刚毅正直，快意恩仇，还以为你是个果敢刚勇的英雄，觉得世上再不能有比你优秀的君子了。本想对你路转粉拿你当爱豆，谁知道你连三秒都帅不过，眼下宾客尽欢，琴瑟和鸣，你咋转脸就开始耍起威风，开始强人所难了呢？你稍微把偶像包袱捡捡不成吗？

"你这么想真是太让我失望了，粉转黑！我搭救小龙女原本是出于侠义之心，何曾怀有那等非分之想，你当我是什么人了？！

"倘若我柳毅在五岳山川之间遇见你，彼时你正化作龙身兴风作浪，要杀要剐我无话可说，毕竟你是个禽兽样儿嘛。可你眼下衣冠楚楚，长得跟个人似的，口里吐的也是人话，昨天唱歌跑不跑调另说，至少也充满了正能量，行事派头上，人间有些圣贤之士都比不过你，更不要说这些河鲜，可你怎么转眼就不办人事了呢？你仗着自己威武雄壮，你就欺负我，碾压我，威胁我……"

柳毅越说越气，"是，我这瘦弱的小身板都没有你一枚鳞片大，但是我行走江湖主要靠气质，我不怕你！有本事你过来呀！你你你怎么还真过来，你有本事站那儿别动我自己过去！"

从钱塘君震惊的表情来看，柳毅行走江湖可能主要靠嘴炮。这一番下来，把钱塘一条霸王龙说得一愣一愣，思量半晌感觉是自己又做错了。

哥哥教的，知错就要改。

钱塘君立马乖乖给柳毅道歉："我错了我错了，你看我从小在深宫里长大，没咋接受过你们人类文化的熏陶，对很多为人处世的道理也不是很明白，今日听君一席话胜读十年书，想起自己的方才说的话，实在是粗鄙无礼，还望阁下不要见怪，给我个学习进步的机会呗？"

柳毅已经做好了葬身龙嘴的准备，没想到对方反省得这么快，倒是个意外收获，差点没忍住笑出来，好不容易板着脸原谅了他。

其实想来这龙族的心思比人类澄明许多，当下也不再矫情，反倒跟他做了个知心朋友。

6.命中注定我爱你

翌日，柳毅告辞回家，洞庭君夫人又在潜景殿特意设宴，款待了他一番，算是给他践行。

要不说龙宫就是大，这一天换一个地方吃酒，柳毅要是不走，怕是能住到过年不重样。

他正在这里思绪纷飞，忽然听夫人惋惜道："小女深受您的恩惠，还没好好感谢一番，您就要走了。"说什么也得让龙女出来亲自感谢柳毅。

小龙女出得宴席来，盈盈向柳毅拜别。

夫人又道："唉，这一别却不知以后何时才能再见了。"

她这一感慨，竟也勾起柳毅一丝不舍来，先前他虽然拒绝钱塘君拒绝得那般果断，但全是出于男儿意气，此刻见了龙女本人，他也难免有些遗憾惋惜。

但是说出去的话泼出去的水，总不好当众打脸，他于是将心思压下仍旧辞别而去。

柳毅在这儿待的时间不长，但龙宫中人人对他敬重有加，都有些不舍得他走。

众人送给他珍宝无数，很多柳毅都叫不出名字，洞庭君派遣了十多个小兵替他挑着，跟着他从来时的路出了龙宫，一直把他送到家，才打道回府。

柳毅闲着没事，就去扬州的大珠宝店变卖了一两样珍宝，估计连总数的百分之一都没有，竟秒变淮西一带首富。

这可能就是传说中的一夜暴富。

大丈夫成家立业，业是有了，柳毅便寻思着娶妻。他娶了一位姓张的女子，可惜过没多久，张氏就去世了。

后来又娶韩氏，可能是柳毅命中克妻，韩氏也很快去世了。

柳毅悲伤之余，怀疑是不是自己家的老宅风水不好，惹不起总躲得起吧，毕竟有钱任性，他一气之下搬去了金陵。

这下他又成了个单身贵族，时间久了不免觉得人生寂寥，午夜梦回，时常想起龙女，然而仙凡有别，柳毅寻思这点数自己还是有的。

他决定再娶一回妻。

媒婆告诉他："原先范阳有位卢小姐，她父亲还曾做过清流县的县长，只不过到了晚年喜欢上了道学，一年到头抛家舍业四处云游，现在也不知到哪个山巅唱流浪歌去了。卢小姐母亲做主，将她嫁到了清河那边的张家府上，然而不知这小姐克夫还是怎么着，丈夫不久就死了，她母亲可怜她年纪轻轻就做了寡妇，实在不忍心，让我给她再寻一门好人家，不知道您介意吗？"

柳毅道："这有什么好介意的，我克妻，她克夫，说不定我俩刚好相配呢？"

媒人很是开心，很快就为两人撮合成了这门婚事，选定吉日，举办婚礼。

由于男女两家都是富贵殷实之家，所以婚礼办得很有排面，轰动了整个金陵城，惹得人人艳羡。

柳毅这也算迎娶白富美走上了人生巅峰。

婚后小两口恩爱如宾，互相敬重，日子过得幸福美满。大概过了一个多月，这天柳毅回房，在灯下打量妻子，本该又是被妻子美貌俘获的一天，不知怎么他竟有一瞬恍惚，觉得妻子的面容像极了许久不见的龙女。

可是他再仔细打量，又觉得妻子的面容娇艳，更胜过龙女的美丽。

他想自己可能魔怔了。

妻子卢氏见他兀自发呆，便问他怎么了。

柳毅已经在脑海中把从小到大听来的志怪故事都脑补了一遍，听见妻子问他，这才试探道："长夜漫漫，不如我给你讲个故事呀？"

于是他把从前帮龙女传书的故事同她说了一遍，说完了还一个劲儿问她信不信。

妻子心想这个夫君也太可爱了，这么大的人了还童心未泯："人间哪会真的有这种事发生。"

柳毅听了，感到一丝丝失落，也就没注意到妻子俏皮的小表情。

幸福的日子总是过得飞快，不久卢氏便有了身孕，柳毅更拿她当个宝，捧在手心里怕化了那种。

等孩子满月，卢氏进内室换了从前衣裳，盛装打扮完毕，将柳毅叫进来，在他面前转个圈，含笑问道："惊不惊喜，刺不刺激，意不意外？"头上两只龙角亮晶晶。

柳毅："……"

不带这么玩的，孩子都有了你问我这个。

他有点迷。

卢氏……不是，龙女急了，莫不是凡人的脑子构造跟仙族不同，受不起这么大打击，忙道："夫君难道不记得你我成婚之前的事情了吗？"

谁还不会玩点小情趣？柳毅故作严肃："夫人你不要这样，你我成亲之前既不是朋友也不是亲戚，能有什么事？不知道不明白不是很懂。"

"拒绝三连"下来龙女听懂了他的意思，也弄清了他不是真的失忆，放下心的同时也不打算瞒着他了。

"是的，我确实就是洞庭君的女儿，当年你救我出那火坑，我便在心里发誓要好好报答你，后来钱塘叔父向你提亲，你誓死不从，离开了龙宫，从此你我两个天各一方。你曾说不叫我忘了你，可是这些年来，你连个消息都不愿传与我。"

柳毅："……"一颗小心脏扑通扑通跳，连带脸都有点烧。

龙女继续道："再后来我父母要做主，将我嫁给濯锦君家的小儿子，我心系于你，哪怕他家有皇位要继承我也是不稀罕的。于是我闭门不出剪掉头发明志，就算被你拒绝，又或是此生再无相见之期，我对你的心意也绝不动摇分毫，最后父母也被我感动了。"

柳毅扶额："夫人，其实吧，当日我在龙宫做客时，你但凡换个靠谱的长辈来跟我说这个事，或许咱俩也不用蹉跎那好几年……"

龙女点头很以为是："我父母反思了一下，也是这么觉得，所以决定亲自向你再提一次亲，凑巧你却要娶别人了，先是张氏，又是韩氏，我……即便心悦于你，也是有自己的原则的，你明白吧？直到你搬到金陵来，叫我全家喜出望外，我才再次有了机会，换了个马甲嫁给你，我心想就此同夫君相亲相爱一辈子，便是死也无憾了。"

说着，她禁不住流下眼泪来："我起初不敢太纠缠你，是因为知道你为人赤诚，没有那等乘人之危重女色的心思，现在将心事坦露给你，乃是这一年多相处下来，我晓得你也是喜欢我的，原来我并不是单相思。"

"可是我只怕自己浅薄，不足以让你爱我长久，现在好歹有了孩子，你们人不是总说孩子是爱情的结晶、父母的纽带吗？我……我也不知道你心里到底是什么想法，又会如何看我，你能跟我说说吗？"

她局促不知所措的模样真是可爱又可怜。

柳毅看得心里欢喜，握着她的手叹道："真的好像命中注定一样，我又何止是从成亲以后才开始喜欢你？"

龙女："！"

柳毅："我在泾阳看见你的第一面，就开始喜欢你了。

"但你当时处境堪忧，我只顾着义愤填膺，代你打抱不平，一心想救你出去，其他的也想不了那么许多了。我当时叫你不要忘了我，也不过是信口一说，没想到你竟然始终记得。

"及至钱塘君强迫我娶你，我一来是看不惯他那小暴脾气，二来我若是答应了，情理上总归说不过去，我起初救你是为行侠仗义，哪有害死人家丈夫再娶了人家妻子的道理。再来我也有节操，岂能随随便便叫它碎一地，这很违背我初心。"

他顿了顿，"况且当时你家人太能嗨了，给个拍子都能马上起舞，场子一天失控好几次，我在那种情境下，能把持住做自己已经很不容易了，生怕说错了哪句话，你家人一个不开心谁再化个原形吃了我，到时候我找谁说理去？所以我能走就赶紧走了。

"可是到了临别那天，我看见你恋恋不舍的神色，心里非常后悔，但阴差阳错，事已至此，我实在没有办法接受你那一份感情。现在好了，你是卢家的女儿，又住在人间，就不是原来的龙女了，同你结为夫妻并不违背我本心，从今以后，我们长相厮守，无忧到白头，好不好？"

这一番剖白叫龙女大为感动，扑到他怀里嘤嘤嘤："你不要以为我们不是人便没有人性，我的家人何曾会吃你，我们也是知恩图报的。"

仅有的隔阂消除，夫妇相拥许久……

"对了，我恐怕不能同你到白头。"龙女忽然道，"我们龙的寿命长达万年之久，我既然嫁你为妻，自当与你共享一切，不但能让你青春永驻，还能带你上天带你飞！"

"……"柳毅目瞪口呆，半晌，"原来这才是真正的人生巅峰！"

夫妻两个一起去拜了洞庭君，到了洞庭龙宫，又是一番宾主尽欢嗨天嗨地。

之后小两口云游四海到处玩耍，末了定居南海，约莫有四十来年，生活之奢靡我们根本想象不到，连柳毅的亲戚都跟着沾光，不知道他还缺不缺那种贫穷的亲戚，我觉得我可以。

更气人的是柳毅见长的真的只有岁数，发肤容貌丝毫不见老态，比吃什么保养品都好使。

8.童话里不一定都是骗人的

到了开元年间，唐明皇忽然沉迷于求仙问道，到处抓能人异士，柳毅同妻子回洞庭避祸，一连十来年踪迹全无。

再到了开元末年，柳毅有个表弟叫作薛嘏，在京郊做县令，被贬到东南方，赴任途中经过洞庭湖。

原本多云的天气忽然放晴，举目远眺可以看见一座青山从水中升起，船夫吓了一跳："这水怕不是有妖怪，大人快跑！"

说话间，出现一艘小彩船，船上还有个人，长个虾样，他说他叫小龙："这是薛嘏的船吗？柳公叫我来请你呢！"

薛嘏顿时明白了，忙命船夫靠近青山，撩着衣摆一顿小跑，但见山上宫宇楼阙雾气缭绕，天音不绝于耳，种种珍宝不要钱似的随便撒。

柳毅仙风道骨，气质容貌比从前更加出众，走下台阶来接表弟，感叹道："怎么我们才分别不久，你头发都已经这么白了。"

表弟："……"扎心了老表。

表弟："这话让你说的，哥你如今是仙，我是凡人，当然老得快，比不了比不了。"

柳毅听他这样说，拿出五十丸仙药来送给他："这种药一丸可以增加一年寿命，等吃得差不多了你再来这里找我，别在凡间住了，哥哥带你开挂。"

薛嘏感激不尽："这种药很珍贵吧，哥？你一次给我这么多。"

柳毅："也没有多贵，我平时当糖豆吃。"

薛嘏："……"我哥真豪爽。

之后又是四十来年，薛嘏没有了柳毅的消息，不过他想，他哥嫂应该过得很好吧。

毕竟每个浪漫童话的结局，勇敢的王子和善良的公主都会幸福地生活在一起。

真好。

原文选自李朝威《柳毅传》

好"嗨"哦，感觉人生到达了巅峰

（记者：李德裕　翻译员：顾闪闪）

明朝年间，有位大佬叫冯梦龙，编撰了三本短篇合集，被后世称为"三言"，对，就是"三言二拍"的三言。三言有多热辣精彩，在这里不做赘述，列位可以参见本系列的两本《明朝市井周刊》，今日单说这位大佬在给古人写文一道上的艺术造诣。

他给秦观苏小妹写过拉郎配，为三国众英雄写过转世胎穿，帮唐伯虎编过言情小品，也写过庄子坟头蹦迪，甚至不只一次给王安石大写黑文，将人家的结局编排成吐血三升，被活活骂死。

不过说到这种文章的炸裂程度，那还得看唐人。在文学创作这条道路上，唐人的开放就像他们的服装时尚一样，飘逸、凉快，无所顾忌。

如果挖上一条隧道，让唐朝与今天的时空相连，我们就会在隧道口听到另一端带着回音的洪亮呐喊："来啊，放飞啊，你们都不够嗨！"

1.泡馍公主与卖柴火的小男孩

很久很久以前，天气炎热，黄土地烫脚。

一个在外游学的陇西书生走在路上，他的衣服又旧又破，出雍州城走了足有四五里地，不知是收成欠佳还是风水不好，附近竟没什么人烟。

中午了，他一口饭也没吃，一刻也没有休息过。

走着走着，他在一幢楼房的窗前停下了。他实在走不动了，正想找个墙角坐下来休息，抬头一望：呀！好大一座豪宅。

豪宅吸引住了他，这是间四合的瓦舍，红墙白柱子，门外有一位青衣女子。屋内不时传来笑声，隐隐飘出了泡馍的香味，辛道度，哦，就是我们的主人公饿得肚子咕咕直叫，他好想回家，可是学业还没有完成，他有什么脸面去见乡亲们呢？

他终于鼓起勇气走上前去，用哀求的口气乞讨："我是陇西辛道度，在贵宝地游学，粮食都吃光了，现在饿得不得了，好心的小娘子，烦劳您向主人通报一声，给我一点吃的吧。"

女子瞥了他一眼，关门进屋去了。

辛道度蜷缩着在角落里蹲下，真饿啊，再有文化也挨不住饿啊，他的视线渐渐模糊，恍惚中，一位衣裙华美、气质高华的女郎款款来到了他身边，她的微笑那样美丽，那样温柔。

"我就要饿死了吧。"辛道度喃喃道，"要不然怎么会见到仙女呢？"

女郎对方才的青衣女子道："此人远道游学而来，必然是位贤才，快把他请进屋。"

辛道度这才知道，原来眼前的一切不是幻觉，他被搀扶着踉跄进了门。一只脚刚踏进门内，他就觉出不对，既然是活人，怎么会没有影子呢？臂上的触感冰冰凉，也不像是常人的体温，四周虽然灯烛灿烂，但莫名竟有一股森然之气扑面而来。

辛道度瞬间就不饿了，只想夺路而去。

但青衣女子的手还挽着自己，万一等下她露出獠牙来，自己怎么逃得掉？想到这里，辛道度决定不动声色，进去看看。

女郎自己坐在东床上，让他坐在西床，侍从们鱼贯而入，在他们面前的桌上摆满了各种各样好吃的东西，有臊子面、凉皮、肉夹馍，甚至还有一只散发着热气的烤全羊。辛道度咽了咽口水，决定先不想那么多了，吃了再吃。

一顿风卷残云过后，他心满意足地擦了擦嘴，发现女郎正含情脉脉地望着他，仿佛自己的吃相多么迷人。果然，女郎开口道："我是秦文王的女儿，自小不幸夭折，还没来得及嫁人就入土了，已在这棺椁中度过了二十三载岁月。如今与君相逢，定然是缘分，希望能当场结个婚，不知道郎君你怎么想？"

救命之恩，当舍身相报，何况人家姑娘长得这么俊，身份又无比尊贵，辛道度哪说得出"拒绝"二字？两个人又聊了一会儿，便到了太阳落山的时辰，拜天地入洞房，一人一鬼就睡到了一被窝里。

2.尊贵的公主啊，你掉的是金枕还是绣枕？

三天后。

泡馍公主一拍大腿："不对啊郎君，你是活人，我是死鬼，咱俩是不能在一起的！"

201

辛道度："……" 新婚妻子的反射弧好像有点长。

泡馍公主："哎呀不行，你快走吧，不然会死。"

辛道度："？"

于是公主开始准备为丈夫践行，辛道度还在发蒙，觉得发生的一切都特别没有真实感，以后说出去都没人信，于是掐了一把大腿，疼得公主"嗷"的一声跳起来。

"郎君，你掐我干什么？"公主道。

辛道度道："这不是马上要分别了，舍不得你嘛。你我夫妻一场，不知何时才能再见，我想向公主求一信物，作为纪念。"

公主一听，小事情，便从床后取出九子籨，自里面拿出了一只繡花枕，交给他。

辛道度没接，目光直勾勾盯着籨中，哼哼道："这不是还有金枕吗？我不要这个，要那个。"

公主摇摇头："这是我母亲赠给我的，我都舍不得送人，郎君你拿这只繡花枕走，这个值钱！"

辛道度倒地打滚："我不管！我不管！我就要金枕，你不给就是不爱我了！"

辛道度夹着金枕出了门。

公主在屋内抱着繡花枕怎么也想不通，郎君他在不平衡个什么呢？明明就是繡花枕更值钱啊，少说也得比金枕贵上……几千金吧？真不懂他们活人。

向外走了几步，辛道度依依不舍地回头去望，却望见了不得了的东西，后方哪有什么瓦舍？只有巍巍大坟，松柏参天。

如果之前都活在梦里，辛道度这才真开始害怕了，撒腿就跑，冲出林子直跑出公主陵外，低头一看，金枕居然仍在怀中。

快乐是一时的，贫穷是长期的。

出了陵墓，辛道度依旧是个身无分文的穷光蛋，没过多久他又饿了，便打起了金枕的主意。走到秦国市集中，他往路边一坐，摆起了小摊，商品只有这一样，等着识货者来买。

没过多久，识货者真来了。不是别人，正是公主的亲爹，秦文王。

秦文王一眼就认出了女儿的金枕，心想好家伙，这盗墓贼如此嚣张，快给本王逮起来。辛道度刀架脖子上，高呼冤枉。

秦文王问他道："那你说，这金枕是从哪里得到的？"

秦人多彪悍，辛道度心里很清楚，一句假话也没掺地将自己的经历全盘托出。但由于剧情过于玄幻，秦王压根不信，只是看身边夫人哭个不停，才派士兵前去开墓发棺查看。

秦文王："夫人你听这小子胡说八道！这就是个贼，还说和咱们女儿成亲，等发完棺本王就把他糊成兵马俑！"

夫人："呜呜呜呜……"

士兵："报告大王，公主的陪葬物都完好地存放在墓中，只少了一只金枕。"

辛道度："我说的是真的！里面还有我们拜堂成亲的现场，我指给你们看！"

秦文王令人给他松绑，果然在他的指引下，找到了二人当日行礼处，祭品红烛犹存。夫妻俩欣喜不已，虽然没能见到小女儿的面，但催婚的目的已经达到了，还是心满意足，叹道："好姑娘，真了不得，离世那么多年了，还能把婚姻大事解决了，找的还是个活小伙儿，真不愧是我们老秦人！"

辛道度长长地松了一口气，正想抱着金枕灰溜溜地偷跑，忽听背后秦文王一声大喝："小伙子你站住！"

辛道度："大王，还有事吗……"

秦文王："既然你是本王的女婿，再这么寒酸下去，也给我们嬴氏一族丢人，就封你为驸马都尉，赐玉帛车马侍从，回家躺着享福去吧。"

辛道度："好的父亲，谢谢父亲！"

从此以后，"驸马"就成了国王女婿的称号，代代不绝。

这个故事只是开场的小序曲，让读者朋友们先适应一下，接下来的这篇《周秦行纪》将更加刺激，请保护好自己的下巴，不要惊讶过度。

3.党争不可怕，就怕政敌有文化

这篇是货真价实的后宫文，因为出场的除了男主外，都是史书有载的后宫人。

您看后要说了：哎！胆大包天，连皇帝们的女人都敢觊觎。男主角是谁，拉出来我们认识认识。

可以明确告诉您，全文用的都是第一人称，男主角自我介绍叫牛僧孺。

但……原作者其实是韦瓘。

惊不惊喜意不意外？韦瓘和牛僧孺到底什么仇什么怨，要这样写他？宋人考据，是因为牛李党争，派别不同。但把政敌写成后宫同人文男主是什么操作，心路历程恐怕只有韦瓘一人清楚了。

总之就是某一日，这个"我"，也就是"牛僧孺"进士落第，回乡的路上途经伊阙南道鸣皋山，即将到预定好的大安酒店入住。但牛僧孺眼神不太好，黑灯瞎火就走到另一条路上去了，道路平坦，他走得相当轻快，行了十多里地也没发现有哪里不对。

突然，远处有异香传来，闻着就像高级酒店的香薰味，牛僧孺走得更有劲了，没一会儿，果然看见一套大户人家的宅子坐落在圆月下，烛火明灭，装修十分奢华考究。

他刚在门外站定，便有黄衣门童上来问候道："先生您从哪儿来，到哪儿去？"

按照韦瓘的设定，这个"牛僧孺"也不是什么含蓄人，自我介绍过后直言："我本来要去大安酒店住宿，一不留神走到这儿来了，你这儿有空房吗？给我开一间。"

还没等黄衣门童回话，门内就有一青衣小髻的妹子走出来，看样子有点像大堂经理，责问门童道："你在外边和谁说话呢？"

门童小声道："有客有客。"又回身对牛僧孺高声道，"客官您往里边请！"

牛僧孺隐约觉着这种打开方式莫名熟悉，但还是安心进去，一边走一边问门童："这是谁家的宅子？"

门童赔笑道："您问那么多做什么？包您满意就是了。"

这一进不得了，好一处豪华的十进院住宅，牛僧孺走得腿都要断了，抬头望去，更是吓了一跳。

一座巍峨富丽的宫殿出现在夜色中，灯火辉煌，珠帘遮蔽，迎候的朱衣黄衣阉人足有几百。牛僧孺心说这排场，我怕是住不起啊，转身刚要溜，就听台阶左右阉人齐声道："拜。"

牛僧孺膝盖一软，跪了下去。

威严的女声从帘后传来："哀家是汉文帝的母亲薄太后，这是我的庙宇，郎君不该来，速滚。"

牛僧孺满脑袋问号，但还是说出了自己的切身刚需："臣家在宛叶，归乡途中迷失了道路，现在您把臣轰出去，臣这条小命肯定就入了豺虎之口。还望您高风亮节，容臣在此借宿一晚。"

薄太后听罢，在帘后道："哀家是汉朝的太后，郎君是唐朝的名士，没法论君臣，还望你不要太拘泥于礼节，上殿说话。"

牛僧孺惊得退后一步，不相信这么快就达成共识了，这薄太后未免也太好说话。走上台阶，穿过帘幕，只见太后身穿雪白常服，长得极有气场，或许是保养得好，看着也没有多大年纪，一见他进来便关心道："远道而来累坏了吧？"

牛僧孺受宠若惊："还……还行……"

薄太后令他就坐，两人还一块儿吃了顿晚饭，正消食的工夫，忽闻殿内有阵阵笑声传来，声音娇嫩悦耳。

太后道："今夜风月甚好，偶然有两位佳人结伴而来，况又遇嘉宾，不可不会上一会。"

"嘉宾"牛僧孺早已趴在桌上望眼欲穿，传召后没多久，便有两女子相伴而来，也是顶级排场，保镖几百。走在前面的女子狭腰长面，不施粉黛，貌若出水芙蓉，发量令人嫉妒，一身青衣，看样子也就是二十出头，薄太后介绍道："这位是汉高祖的戚夫人。"

牛僧孺："嚯！"

两人相对而拜，彼此行礼。

另一人仪姿端庄，皮肤吹弹可破，样貌从容，意态悠然，身穿着绣着繁花的衣裙，光彩照人，看着比太后年轻不少。

太后道："这是汉元帝宫中的王嫱。"

牛僧孺："嚯！"

两人又行礼。

二女子各自入座，坐定，太后仿佛还嫌不够热闹，又吩咐紫衣中贵人："去，把小杨小潘也叫来。"

小杨？小潘？

唐朝人牛僧孺脑洞开了一半，没敢继续，但也眼巴巴期待着接下来出场的会是何等绝色。

4.三个女人的一台戏

不知道是不是两位美人还没补好妆，盼了许久四下却还是鸦雀无声，牛僧孺竖起耳朵，只觉得房梁上有窃窃私语传来。

"娘娘！干冰倒多了！"

"咳咳，染料也倒多了娘娘！"

"不管不管！我们仙女出场，怎么可以没有彩云香风漫天花雨？"

几轮叽叽喳喳过后，一大团蘑菇云兜头砸下来，顷刻便弥漫在整座殿宇中，牛僧孺挥手扇了扇眼前五颜六色的烟，定睛一看，娘欸，真是怕啥来啥！

看这云鬓花颜金步摇，看这回眸一笑百媚生，果然是杨，杨……

这回他是真的害怕了，颤颤巍巍站起身，就差走到镜头外，问导演这段真的能播吗？

导演韦瓘一把将他按回去，座上薄太后介绍道："这是唐朝太真妃子。"

牛僧孺只好硬着头皮鼓掌道："贵妃娘娘您今儿个这身罗绮真是闪亮得不要不要的，不知道玄宗皇帝他老人家跟您一起来了吗？"说着纳头便要拜。

杨贵妃掩唇一笑，剪水眸子瞥了他一眼，嗔道："郎君这是做什么？妾身昔日得罪肃宗皇帝，朝廷不将我列于后妃之中，你同我讲什么君臣虚礼？可不敢受。"

一席话把牛僧孺说得腿都软了，又抬头去看她身后的那位。"小潘"身着宽袍大袖，衣带当风，看打扮就是魏晋南北朝那段的人物，皮肤紧致，小巧玲珑，一双水灵灵的眼生了小钩子似的，不知藏了多少心思。

他目光扫到对方双脚的时候，一瞬间就明白了。

是她脚生得特别，三寸金莲？

不不不，只是因为"小潘"脚下的路太过不同寻常，每隔一步，便贴着一朵黄金凿成的莲花，这是南齐东昏侯为爱妃潘玉儿量身打造的金光大道，史称"步步生莲"。

此时此刻，牛僧孺上首坐着薄太后，前面站着戚夫人和王昭君，左边是杨玉环，右面是潘玉儿，美味佳肴端上来，再珍奇也是味如嚼蜡，狼吞虎咽了几口后，果不其然，他噎住了。

"咳咳咳咳……"还没来得及招手，便有侍者端上酒水，牛僧孺一把拿过来，举至唇边，没敢喝，硬把咳嗽压下去了。

"来来来，小伙子我问你。"他招招手唤来方才的侍者，"你是想害死我吗？这分明是只有皇帝才能用的酒器，这是僭越啊。"

侍者露出职业化的微笑："在我们这里，客人就是皇帝。"

听他这么一讲，牛僧孺也渐渐地开始习惯了现在的氛围，摆出王者的派头来，倚靠在座上听在场后妃们闲话，云蒸雾罩间，竟不知今夕何夕。

"哎呀小杨，你可许久没来看哀家了！哀家想死你了。"薄太后道。

杨贵妃一派纯真无邪："还不是三郎①，天天去华清宫找人家，我每天忙得不闲脚，哪有空来陪您唠嗑？"

生前不得宠的薄太后心脏中了一刀，转向潘玉儿，露出僵硬的笑容："那小潘你呢？你怎么也不来？"

潘玉儿："哈哈哈！"

薄太后："她什么情况？"

杨贵妃嗑着瓜子，叹气道："潘妃时常对我抱怨，她家那个东昏侯脑子不清醒，非要走什么霸道皇帝宠妻路线，每隔三天就出宫游猎一次，乱给她花钱，累都累死了，所以才没空来陪太后呀。"

---

① 三郎：天宝中，宫人呼玄宗多曰三郎。

薄太后：这天没法聊了。

薄太后决定不与这群恋爱中的蠢女人为伍，换个话题："小牛啊，如今的天子是哪位，跟咱们说道说道。"

牛僧孺回答："是先帝的长子。"

话音刚落，杨贵妃"啪"地一拍桌案，瓜子皮飞得到处都是，随后她在众人的惊诧中讥笑道："我当是谁，原来是他呀！沈婆儿①竟然当了天子，真是奇了怪了！"

牛僧孺还在纳闷，她怎么反应这么大，薄太后则在握拳窃笑，果然提到儿子，杨玉环秒变脸，毕竟不是谁家孩子都像她家刘恒那么优秀。

5.一群女人的歌舞剧

薄太后和牛僧孺又聊了会儿国政，但在场诸位显然没什么兴趣，都打起了瞌睡，王昭君甚至同潘玉儿划起了拳。

拍掌声传来，薄太后吆喝道："睡过去的都醒醒啊！歌舞要开始了！"

只见乐伎如龙捧酒而上，皆是年轻美貌的少女，在她们身后跟随的是一整个宫廷乐班子。薄太后请戚夫人上场鼓琴，戚夫人坐到琴前，把袖子一挽，看，如此耀眼！

戚夫人："汉高祖牌玉指环，光芒四射，还有透视功能，欲购买者，欢迎进未央宫咨询。内有吕后，请注意安全②。"

这位的故事大家都清楚，要是评选个最惨后妃排行榜，她绝

① 沈婆儿：德宗的母亲即代宗沈皇后姓沈，故杨贵妃称呼德宗为"沈婆儿"。
② 内有吕后，请注意安全：刘邦宠幸戚夫人，欲改立其子刘如意为太子，遭到大臣们的强烈阻拦，未果。但此事却引起了吕后的强烈妒忌。刘邦死后，吕后为皇太后，囚戚夫人于永巷，后将其做成人彘。

对可以有姓名。琴曲越奏越悲凄，气氛越来越低沉，薄太后一看，这要不快点打住，把各位的伤心事都勾起来，好好的宴会该变成追悼会现场了，遂站起身来，清了清嗓子道："音乐先停一停，牛秀才大老远来的，大家齐聚一堂，最重要的就是开心，不如我们来作诗吧！"

牛僧孺打断道："太后娘娘，您是不是哪里搞错了，汉赋唐诗，这个诗啊它是……"

薄太后冷冷瞪了他一眼。

牛僧孺："没问题，给我笔。"

太后这才露出慈爱笑容："那哀家就先来做一首啊。月寝花宫得奉君，至今犹愧管夫人。汉家旧是笙歌处，烟草几经秋复春。"

这里提到的管夫人和一位名叫赵子儿的美人，都是薄太后少时的闺蜜，三人相亲相爱，约定入宫后苟富贵，勿相忘。后来管赵二人相继得宠，便旁敲侧击地在汉高祖面前说小姐妹薄姬的好话，汉高祖本来都要把这号人物忘记了，听了她们的议论后心里一动，就顺路去临幸了一下。

十个月后，未来的汉文帝刘恒诞生了。

再后来管夫人和赵子儿相继被吕后秒杀，就连等级最高的戚夫人也死得透透的，只有活下来的薄氏母凭子贵走上了人生巅峰。要论缘由……大概是因为她太没有存在感了。

纸笔传到王昭君，昭君用汉隶书道："雪里穹庐不见春，汉衣虽旧泪痕新。如今最恨毛延寿，爱把丹青错画人。"

一言以蔽之：毛延寿，麻溜儿出来给老娘背锅！

"昭君出塞"的故事老少皆知，但这里明显有一个漏洞：王昭君好不好看？四大美人之一，当然好看。汉元帝瞎不瞎？一国之君，必须耳聪目明。那么，汉元帝又不想当和尚，为什么会舍得将美貌绝伦的王昭君远嫁？后人思来想去，认为全怪毛延寿。

毛延寿是宫廷画师，他暗搓搓将后妃的证件照分为三等：贿赂十万以上的，美颜十级，保证将您画得天上有地上无，不让您输在宫斗起跑线上；贿赂五万左右的，就只能得到一张前置水平的原图，最多瘦个脸拉个腿，磨皮祛痘都不包的。

而王昭君身为真实不做作的穷女孩，才不肯向潜规则低头，一文钱也没花。

眼里只有钱的毛延寿登时就怒了，挥毫泼墨将好好一大美人画成了汉朝如花，直接导致昭君落选，被打包嫁给了远方的呼韩邪单于。

出嫁的那一天，昭君怀抱琵琶，泪光莹莹，北风吹起她覆面的红纱，看得汉元帝当场傻了：咋回事啊？朕宫里还有这种水平的仙女？朕咋不知道呢？

于是彻查，揪出罪魁祸首毛延寿，抄家弃市，但出塞的昭君已经再见，来不及握手了。

戚夫人方才弹琴弹出了灵感，不假思索地写道："自别汉宫休楚舞，不能妆粉恨君王。无金岂得迎商叟，吕氏何曾畏木强。"

汉初的斗争，主要是汉高祖刘邦和他彪悍媳妇吕雉的斗争。刘邦宠爱戚夫人，爱屋及乌一门心思想改立她儿子刘如意为太子。吕后哪是那么好说话的，当即找留侯张良出谋划策，搬来顶流隐士商山四皓给太子撑腰。刘邦拧不过悍妇粗壮大腿，只得哭着为戚夫人唱楚歌，让她跳楚舞。

当不了太子，至少要保命，刘邦为戚夫人母子请来世称"木强"的倔强臣子周昌来当刘如意的相国，但他低估了吕后的残暴程度。孝惠帝知道亲娘要杀弟弟，亲自把如意接进自己宫里，与他同饮食、共起居，消除一切危险的可能，但某天孝惠帝去射猎，如意赖了床……

想到这里，戚夫人又忍不住抹起了眼泪，自言自语道："妈妈教没教过你，晚起的虫儿被鸟吃。"

杨贵妃正专心剥荔枝，听完抬头诧异道："今天走的是比惨路线吗？笔给我，我也挺惨的。"

"金钗堕地别君王，红泪流珠满御床。云雨马嵬分散后，骊宫不复舞《霓裳》。"

《唐朝传奇周刊》里面有几篇开元年间的故事，贵妃娘娘的仪仗就得过几回马嵬坡。玉环和玄宗已经累了，不想再生离死别了，眼药水死贵死贵的，求大佬们换个桥段折腾吧。

潘玉儿不服气了，谁能比她惨？你们好歹跟的都不是昏君吧？但这位一不是贤良后妃，二不是琵琶演奏家，文艺天赋上着实有所欠缺，磨了半天墨才憋出四句来："秋月春风几度归，江山犹是业宫非。东昏旧作莲花地，空想曾披金缕衣。"

杨贵妃凑过来，玉指在纸面上戳戳提醒道："姐妹你这不押韵。"

潘玉儿不耐烦地一挥袖："惨就完了，我那时候天天和我家那口子搞房地产，玩爱情买卖，还记得字怎么写就不容易了！哎，你这个秀才怎么还不写？有什么更惨的遭遇讲出来，让我们听听高兴高兴。"

牛僧孺：方向错了吧？不是谁的人生都像她们那么跌宕啊！如果我不够惨会怎么样？她们会人工把我变惨吗？

"香风引到大罗天，月地云阶拜洞仙。共道人间惆怅事，不知今夕是何年。"

忧心忡忡交了卷，他四句诗写得中规中矩，前两句卖力拍了在场仙女们的马屁，后两句则悄悄地暗示，虽然各位比惨比出了高度，比出了风格，但不要忘记我们今天的主题，最重要的还是开心嘛！

宴会的最后，就到了难忘今宵环节，领唱的是个漂亮小姑娘，手执竹笛，短发丽服，容貌甚是俏丽，又不乏妩媚。

薄太后拍了拍牛僧孺，示意道："认得她吗？"

牛僧孺摇头："不认识，但知道不简单。"

薄太后啧了一声，觉得他无趣得很："不就是老石家那个绿珠嘛，当年从楼上摔下来，被小潘捡回去当妹妹养着，这回就跟她一起来了。"

牛僧孺恍然："原来还有这段情。"

薄太后："小绿……不对，你姓什么来着？反正你也得来首诗，今天在哀家地盘上，谁也跑不了！"

绿珠款款上前，吟诵道："此日人非昔日人，笛声空怨赵王伦。红残翠碎花楼下，金谷千年更不春。"

酒过三巡，歌舞一场挨着一场，牛僧孺身在美人堆里，看完这个看那个，眼睛都忙不过来了。夜还长着，欢乐还在继续，他只觉这辈子已经圆满，再无更高追求。

第二天黎明时分，牛僧孺整个人仍是飘的，来到殿前，但听薄太后道："这不是郎君能久留的地方，该早早归去，但即便去了，也不要忘了这一夜的欢愉。"

牛僧孺哪里割舍得下，还想再喝几杯，酒席上戚夫人、潘妃、绿珠等人都潸然泪下，大抵是太久没有见过活人。薄太后亲自送出门，又吩咐朱衣侍者给他打了辆去往大安酒店的直通车。坐在车上，牛僧孺恍恍惚惚，终于想起这种熟悉的感觉来自哪里。

四个大字在他脑中浮现："天上人间。"

到达西道时，天色已大亮，牛僧孺下了马车，转身后却连侍者带车都消失不见。他走进大安酒店，同工作人员打听，得到的答复是："离这十多里，有座薄太后庙，郎君莫不是撞鬼了吧？"

牛僧孺好奇，又驱车返回原来的地方，放眼只见庙宇荒毁，遍生野草，难以进入，与当晚的繁华简直天差地别。

是一场梦吗？他嗅嗅自己的衣衫，上面神秘的香气仍在，久久不散，如同魔咒包裹着他整个人，令人通体酥麻，又感到无尽荒唐。

6.尾声

韦瓘满意地合上了剧本，派人送往某书局，雕版印刷了五千份，匿名分发到全国各地。

半个月后，当朝宰相牛僧孺在路边买了一本《唐朝传奇周刊》。

改编自句道兴《辛道度》及韦瓘《周秦行纪》

家有仙妻

（记者：裴铏　翻译员：沈吉祥）

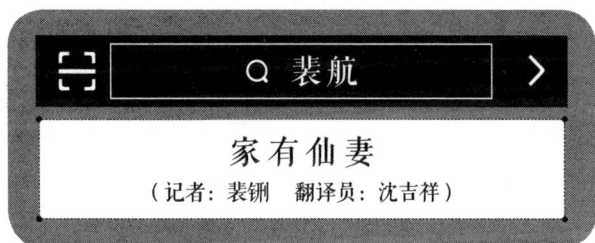

在距离大唐六七百年后的元朝，有位名叫马可·波罗的意大利旅行家远渡重洋，来到遥远的中国，写下了一本蜚声寰宇的《马可·波罗行纪》。

在这本游记中，他热烈地赞颂了当时中国的繁华：这里遍地黄金美玉，集市繁华，交通便捷，工商业发达，文化繁荣。

可想而知，作为一位富有强烈好奇心的外国友人，马可兄对中华文化也有着浓厚的兴趣。在无数次重读了牛郎织女及董永和七仙女的传说后，他再按捺不住，翻出鹅毛笔和墨水，在自己的小本子上虔诚地写下："哇哦！在这片地儿，好像到处都能捡到仙女！"

本土宅男们："假的，都是假的。"

但不论是虚构还是传说，故事中确确实实有那么一波人，他们运气超群，不光长相帅气名字好听，还随便一出门就能捡到仙女，

215

就问你酸不酸？下面我们就来介绍两位促进大唐柠檬种植业发展的杰出代表。

《崔护》
1.误入桃花源

博陵有个大帅哥名叫崔护，此人极帅，且不是世俗意义上的帅，而是清冷出尘，只可远观绝对不能亵玩的那种。

帅就算了，还小有才华。

按照一般言情定律，帅且小有才华的男主一般都不好亲近，所以崔大帅哥他性子孤僻不是很好亲近。

这年清明节，好朋友相约外出踏青，崔护因为考试没考好，心情不爽，选择不和他们一起去。

他一个人往城南方向徐徐而行，实力演绎了什么叫作"缥缈孤鸿影，寂寞沙洲冷"。

但是路边景色不错，春风和煦，繁花傍雾柳，再往前去，忽然有一片灼灼桃花延绵，花开成海。

桃花深处有户人家，恰在花草掩映中，十分有意趣，崔护上前去敲门。

敲了很久都没人应门。

就在他转身要走的时候，门才开了一条小缝，门缝后头露出一双狡黠的眼睛，是个姑娘："你谁啊，我妈妈还没回来。"

崔护笑了。

"在下崔护，独自春游路过此处，想讨口水喝。"

门开了一点，又开了一点。

女孩打量他一眼，忽然结巴："你你你等等啊。"转身而去，用自以为很小的声音欢呼："妈妈呀，来了个人！是人！还是个帅哥！"

崔护："……"

他在门前的木桩子上坐着等，透过低矮的柴扉看见姑娘端出一个托盘，托盘上放着茶壶茶碗，她把茶壶放下，又跑回去，再跑回来，用托盘端出两盘茶点，把茶点放下，想了想，又端着托盘跑进屋去。

这次回来的时候，托盘上是个花瓶。

旁观了全程的崔护看呆了，他道："姑娘，你……"

姑娘似乎被他突然出声吓了一跳，背对他道："先别叫我！要不然我该忘了还要再拿点什么出来了！"

崔护："好吧……"其实他就是想提醒一下她，托盘那么大，茶壶茶杯茶点什么的一次性可以装下，来回跑那么多趟不累吗？

真是个可爱呆萌的姑娘。

但是能不能先放他进去。

终于等姑娘把自己家底掏得差不多了，才过来开门，离他远远地叫他在院子里坐下，指了指桌上的茶水："你喝。"

崔护："多谢。"

话音还没落，姑娘"嗖"地跑没影了……

哦，有影——她躲在一棵桃树后，只露出一只眼睛，悄悄打量他。

一只家雀不知道什么时候停在她肩头，也露出一颗小脑袋，两只小眼睛一眨不眨地共同看着他。

崔护："……"

此情此景，多像他小时候拿竹筐子倒扣过来支根小棍，棍上栓根绳，筐下放点小米，布置好了迅速跑远躲起来，等着麻雀上钩。

此时此刻他感觉自己就是那只麻雀，而且已经上钩了。

崔护无奈道："这位姑娘……"

这位姑娘闪身，靠近，往桌上的花瓶里投了一枝从树上现折下来的桃花，又"嗖"地缩回了树后。

崔护："……"还能不能让他说句话。

他也学姑娘，迅速蹿到树后抓住这只疑似要钓他的小丫头。

姑娘又被他吓一跳："你你你……"

"姑娘，你很怕我吗？"

岂料姑娘一脸惊讶地看着他："不是啊，我是怕吓着你啊，你们外头的人都很胆小，动不动就非礼勿视非礼勿言。"说到这里非常大方地拍着他肩膀，"放心吧，我不看你也不跟你说话，不会非礼你的。"

崔护："这些歪理都是谁教给你的？"

姑娘："我爸。"

"你从来没有去过外头吗？"

"没有啊，外头的人都那么弱小，万一我出去吓坏了他们怎么办。"姑娘兴致勃勃，"你是我见过的第一个外人哟。"

那就难怪了，崔护诚恳地看着她："非礼不是这个意思。"

"那是什么意思？"

"比方我现在，就是在非礼你。"崔护举起他握着姑娘的手，说完自己先不好意思了，慌忙要放手，岂料被姑娘一个反握重新拉住。

"原来这就是非礼的意思啊，那我喜欢你非礼我！"

姑娘抓着他的手捏捏："你的手真好看，比我的大……可是你的脸怎么红了，我明明给你喝的是茶，你怎么比我爸喝了酒还要上头的样子。"

崔护维持了二十多年的高冷人设碎得渣都不剩："酒不醉人人自醉。"

姑娘眨眨眼："啥意思？"

"……"

崔护道："意思是提高你的文化水平迫在眉睫。"

这么不谙世事的姑娘要是回头撞上坏人，叫人拐跑了怎么办，他想都不敢想。

于是崔护道："我教你读书学道理吧。"

"好啊好啊，"姑娘道，"你长这么好看一定非常有文化。"

"……"崔护有点惭愧，想告诉姑娘颜值和有没有文化其实不成正比，但是话到嘴边又决定不告诉她了，还是自己努努力，成全她这个认知好了。

反正也不是什么大事。

他在此间逗留数日，教姑娘读书识礼，顺便被姑娘追着"非礼"。

终于到了要辞行的这一天。

姑娘拉着他依依不舍："你就非要去考那劳什子试吗？留下来不好吗？我给你做桃花糕吃。"

崔护："其实我不爱天天吃桃花糕的。"

"我还可以给你做桃花粥桃花饼和葱拌桃花。"

"……"崔护道，"傻瓜，不功成名就我怎么配来娶你啊。"

他也是依依不舍，却还是道："我走了。"

一步三回头，风舞落英点点，美不胜收，姑娘站在重重花枝中，脸比花娇。

她没有执意挽留这个好看的小哥哥，因为听上去那个复读好像对他挺重要。

她只是站在花里默默挥手，小声呢喃："我不要你功成名就，我只要你娶我就好了。"

2.为你写诗

崔护开启了疯狂复习模式，本来就不爱理人，如今更是连门都不出了。

好友纷纷留言：这厮莫不是要成仙？

有盼头的日子过得格外快，转眼又是一年清明时节雨纷纷。窗外去年栽下的那棵小桃树竟也歪歪斜斜开了好几朵花。

崔护对姑娘的思念愈发抑制不住，索性冒雨按照原路去找她。

花海还是去年的花海，小院还是去年的小院，只是门窗紧闭，不见了那个站在树下笑的姑娘。

不知她是离开了还是暂时出门，种种猜测萦绕心头，崔护蹙着眉头在她家左门上题了一首诗。

对，就是我们上小学的时候要求阅读并背诵全文的那首诗：

"去年今日此门中，人面桃花相映红。

人面不知何处去，桃花依旧笑春风。"

他是痛快了，丝毫不管后世小学生死活，想当年笔者被家长按着头抄这诗二十遍，对崔护印象深刻，直到长大了知道他长得帅，才原谅了他。

说回重点，崔护写完了这首诗，在姑娘门前等了一阵，失望而归。

后来过了几天，他偶然有事出城，又想起了姑娘，等回过神来，发现自己已经到了姑娘家门前。

这次姑娘家的门没锁，非但没锁，而且里头隐隐约约有哭声。

崔护心里大惊，上前狂拍门，拍出来一个老头。

老头泪眼汪汪，将他上下打量，问道："你就是崔护吧？"

崔护："在下……"

"是你是你就是你，看你长这么帅肯定是你！"

"……"从这个不让人把话说完的可爱毛病来看，这位想必是姑娘她爸了。

果然，老头上来就抓住崔护，好像很怕他跑了："都是你害死了我姑娘！你这个可恶的美男！"

崔护不知所措地看着他。

老头一边说一边将他往屋里拖："前几天我带我闺女走亲戚，回来就看见门上写了这么一首诗，不好洗就算了关键我闺女读了以后哭得死去活来。她从去年这个时候就莫名心神恍惚魂不守舍，还变得爱学习了，老夫一直不知道怎么回事，正要问问她，谁知道她直接变本加利，开始茶不思饭不想，没几天就一命呜呼了，呜呜呜……"老大爷哭得好不伤心，"我就这么一个宝贝女儿，养得花容月貌，本想给她找个帅气的小伙子嫁了，不求大富大贵，只求他们恩爱到白头，呜呜呜……"又看了一眼崔护，"至少也得像你这么帅，然而现在就是因为你，还有你那首不知道啥意思的诗，害死了我姑娘，你就是凶手！"

哭着哭着已经拉着崔护来到了姑娘的床前。

但见姑娘的尸身停置在床上，仿佛睡着了一样，脸色红润有光泽。

按说死去好几天的人不该这么……

但是崔护已经被姑娘去世的消息打击得恍恍惚惚，他悔不当初，没有厚着脸皮给姑娘一个承诺，让她抱憾而终，于是也不顾什么礼节了，半抱着姑娘入怀，泪流满面："若是知道你对我感情这么深，我就早该来娶你。"

丝毫没看见姑娘悄悄把眼睛睁开一条缝，朝她爸比了个耶。

这厢崔护还在继续："如今我就在这里了，你睁开眼睛看看我……"

姑娘演不下去了，笑着睁开了眼睛："哈哈哈哈，崔大哥，你戳我痒痒肉了啊喂，哈哈哈哈哈哈哈。"

崔护："……"

论大诗人那时那刻的心理阴影面积。

姑娘"死而复生"："这是你说的哦，你要娶我，快点娶我！"

她爸作为助演在旁帮腔："嗯嗯，要不说还是我闺女聪明！那啥，择日不如撞日，你俩今天就成亲吧。"

崔护：说出来你们可能不信，我就是这么被我娘子套牢的。

如果说崔护遇见的这位姑娘机智又好看，是个名副其实的小仙女，那么接下来这位男主角遇见的，就是真仙女了。

《裴航》
3.你已被夫人删除好友

唐朝长庆年间，有个秀才叫裴航，也长得挺好，也考试没考好出来旅游——话说长得好看是不是影响学习成绩？而且还能遇见仙女。

但这个裴航比崔护还有优势，他有个好朋友叫崔相国，崔相国是个土豪，裴航来鄂渚投奔他，他见裴航心情不好，当下就要给裴航打钱，一打就是二十万贯。

好想问问崔相国他还缺朋友吗？不为别的，主要是比较仰慕他的才华。

有钱的小裴就租了一条大船回京准备复试，顺便沿途散心。

同船的有位樊夫人，是个国色天香的大美人，裴航小弟这天正在甲板上享受踏浪的感觉，一转头看见了纱帐后面吹风的樊夫人。

世界上有种美叫作雾里看花，裴小弟凑上去跟夫人说了会儿话，就觉得自己恋爱了。

但是隔着纱帐始终不是那么回事，裴航十分想跟夫人奔个现。

于是他赋诗一首，诗曰："同为胡越犹怀想，况遇天仙隔锦屏。倘若玉京朝会去，愿随鸾鹤入青云。"

这个诗名起得忒不要脸，就叫《赠樊夫人诗》，诗的内容很好理解，中心思想就一个：天仙你长得真好看，我想同你见一面。

他买通了夫人的侍妾袅烟，让她代替自己将写了诗的小纸条送给夫人。

小纸条传过去好久，都没等到回信。

裴航就问："这是为什么呀？难道我的才华不足以打动夫人吗？"

袅烟："我们夫人是那么肤浅的人吗？你那首诗她看了，根本没啥感觉啊，要不你给她比个心？"

说完给他演示了什么叫比心，拇指食指对着一比画，再搓了搓。

裴航就明白了。

于是接下来的旅途中，裴航小弟搜刮了好多礼物送给夫人，走到哪里就买哪里的特产，终于打动了夫人。

夫人表示很感动，叫袅烟私信小裴，同意跟小裴奔个现。

裴航喜滋滋去了夫人的船舱，撩开纱帐，帐后暖玉生烟，花开晚照，夫人云鬟低垂，淡月弯眉樱桃口，举手投足一个大写的"仙"。

裴航看呆许久，深吸一口气倒退好几步。

袅烟："你这是什么情况？"

小裴："不，我不配跟夫人呼吸同一个船舱的空气，会污染夫人的！"

"……"

袅烟默默地"呸"了一声："舔狗舔狗，舔到最后一无所有！"

夫人倒是对他的恭维略感受用，笑着道："你这人挺有趣的，可惜我已经嫁了人，如今我夫君在汉南，此次要弃官前去深山隐居，特意叫我前去跟他告别……"

"不好意思打个岔，"裴航道，"你夫君要抛弃你去蹲守深山老林，是这个意思不？"

夫人忧伤地点点头。

裴航："可以，但没必要，他遇上什么困难说出来不好吗？为什么要这么想不开？"

"谁说不是呢，所以我就很愁，谢谢你陪我聊天，但我实在没有那个心情……你明白吧？"

小裴听到这里还有什么不明白的，纵然大唐民风开放，但夫人不是那种人，只可远观不能同夫人一起玩耍，开个玩笑都算是亵渎。

小裴表示接受并且感觉很惭愧，还是离夫人的生活远一点，只欣赏她的美貌就好了。

于是他朝夫人一拱手："打扰了。"同夫人喝杯酒交个朋友，就回来了。

回来以后，夫人叫袅烟给他送来一首诗，算是回给他的谢礼，诗曰：

一饮琼浆百感生，玄霜捣尽见云英。

蓝桥便是神仙窟，何必崎岖上玉清。

小裴读后感："好诗好诗。"除了不知道什么意思之外什么毛病也没有。

之后夫人连面都不跟他见了，恢复了之前朋友圈随手点赞作为礼貌的寒暄模式。

到了襄汉一代，夫人直接跟侍女收拾包袱不告而别，小裴到处打听，都没有她的消息。

小裴不得不承认一个事实：那个……他好像被夫人拉黑了。

4.夫人她简直神预言

小裴只好自己讪讪地收拾行李，黯然回京。

经过蓝桥驿附近，他突然口渴，于是到附近溜达想找水喝。

这个场景是不是有点眼熟？我都怀疑裴航看过崔护的传说。

路边三四间茅屋，又破又矮，有个老太太坐在屋前摇纺车，小裴上前给老太太行礼，讨水喝。

老太瞅他一眼，扭头朝屋里喊："云英啊，端碗水来，有个小郎君要喝。"

小裴心中一震："云英……"樊夫人给的诗里也有云英两个字，所以她到底是个什么意思呢？

书到用时方恨少啊方恨少。

小裴正惆怅，从屋后的门帘子下面伸出一双玉似的小手，捧着只白瓷杯。

裴航忙接过来喝了，只觉得那水甘甜无比，喝上一口凉爽一夏，就是比真正的琼浆玉液也不遑多让。

与此同时，还有阵扑鼻异香从门帘子后头传出来。

小裴出于好奇，借着还水杯，猛地掀开门帘子，看见后头站了一个姑娘，这个姑娘长得贼好看，比樊夫人还好看。

别问，问就是倾国倾城，此人只得天上有。

小裴当场拔不动腿，呆呆看着姑娘。

那姑娘羞红了一张脸，啐他一口，将门帘子夺回去掩上了。

小裴望着老太太："婆婆，我的仆人和马都累得够呛，借你的地方让我们多休息一会儿，成不？我们定当重重谢你。"

老太太："你自便就是了。"

于是小裴安排仆从休息吃饭喂马。

他自己溜溜达达，在原地爱的魔力转圈圈，徘徊了好久，因为有樊夫人前车之鉴，害怕贸然搭讪给人家带来困扰。

犹豫再三，才问老太太："那个，说起来怪不好意思的，我方才看见你家小姐姐，美貌动人，心中对她十分爱慕，我想用重礼娶她，不知道她可许了人家没有？"

老太太打量他一下，看他身材也不是很健壮，随口道："已经许啦，不过是没到时候将她嫁过去罢了。是这样，小伙子我看你挺实在并不想糊弄你，我呢常年有病，昨天有个神仙托梦给我一些仙丹，但是必须用玉杵捣上一百天才能服用，听说服用了以后就能长生不老咧。老妇人膝下只有这么一个孙女，谁能将那玉杵替我寻来，我便将孙女嫁给她，毕竟金钱布帛等俗物对我来说也没啥用处，如何？"

小裴醍醐灌顶！

"一饮琼浆百感生，玄霜捣尽见云英，婆婆你方才说捣什么？"

"……"老太太道，"仙丹。"

"用什么捣？"

"玉杵。"

"捣什么？"

老太太恨不能一巴掌把他呼死算了，年纪轻轻的脑子就不好使了，不耐烦地道："你到底去不去？"

"我去我去我去，我就是确认一下。"小裴兴奋得简直不知道该怎么办才好，原来樊夫人那首诗前两句是这个意思，他看着老太太，喜悦之情溢于言表，"婆婆您从今以后就是我亲奶奶，我这就去了，一百天！只需要一百天，您等我回来，可千万别再把云英许给别人了！"

老太太："再说吧。"

小裴跳起来欢呼，冷水已经泼不醒他。

5.白兔捣药成

裴航恨不能给自己插上梦的翅膀飞到京城，急吼吼终于到了，他又立即马不停蹄到处打听哪里有玉杵可以卖。

小裴同学明显已经把自己没考好还需要复读的事情给忘了。

哪里有卖玉器的闹市，哪里就有小裴穿梭的身影。有天他某个朋友在街上看见他，寻思跟他打个招呼，举起手一个"哈"字刚说出口，小裴就目不斜视地略过了他。

朋友举着手好尴尬，五分钟以后发朋友圈：小裴疯癫了。

点赞数超过了二百五十个。

小裴疯狂淘宝一个月，有位卖玉的老头主动找上他："小伙子，我听说你在买玉杵啊？"

小裴嗯嗯点头，两眼放光看着他。

老头："我最近收到虢州药铺那边卞老板的信，说他有个玉杵要卖，我看你最近挺魔怔，要不要介绍你去啊？"

什么叫皇天不负苦心人，什么叫踏破铁鞋无觅处。

小裴差点高兴疯，举着老大爷给的推荐信一蹦一跳着跑了。

老大爷看着他背影抹一把汗："可把这孙子弄走了，他大爷的，来一个月把我们这儿玉器市场的批发价抬高了三倍！"

小裴找到老大爷说的卞老板，说自己来买玉杵。

卞老板打开老大爷的介绍信，上书五个大字："坑死这孙子！"

卞老板心里有数了。

他对小裴说："年轻人，我这个玉杵不便宜啊，少于二百两不卖。"

小裴心想这都不是事儿，翻完了全身的口袋，又把车马仆从都卖了，倾家荡产买下了玉杵。

没了车马没了钱的小裴凭着毅力和两条腿徒步回了蓝桥。

老远看见老太太和云英站在屋前等他。

老太太看见他很欣慰："如今这么死心眼的孩子不多了，看你这么辛苦我也不能食言，就把我孙女许配给你吧。"

小裴听完，赶路的疲惫一扫而空，精神重新抖擞，表示还能翻五百个跟头。

云英笑道："翻什么跟头，我又不爱看猴儿，你要娶我，还得替我祖母捣上一百天药才成。"

小裴表示自己平生没有别的爱好，就爱捣药你说巧不巧。

老太太把药从衣服口袋里翻出来交给他，他就干劲儿十足地干活去了。

捣捣捣，捣捣捣，捣了个捣，他白天干活晚上睡觉，生活过得十分充实。

就是有个小问题，晚上趁着小裴休息的时候老太太总会把玉杵收走，小裴有时候夜间起来上厕所，还能听见捣药声。

这天晚上他又听到了，按捺不住好奇偷摸去瞧了一眼，这一眼瞧过去可是了不得，老太太变成了一只大白兔！

那么大一只兔子像模像样坐在小马扎上，全身冒着雪光，浑身的毛又硬又长，捣起药来比自己姿势还娴熟。

小裴震惊了，心想："怪不得她做的奶糖那么好吃。"

这时候候樊夫人临别前赠送的诗又在脑海中回响，小裴全明白了。

6.夫人原来是我大姨子

快乐的日子过得很快，眨眼之间百天就呼啦啦过去了。

老太太服了裴航捣好的药，对小裴道："你和云英的婚事也差不多可以准备着了，你站在此处不要动，我去买几个橘子顺便跟云英的家人把这件事商议商议。"

小裴乖乖站在原地等，目送老太太领着云英进了山。

不一会儿，一队车马浩浩荡荡驶来，说要接小裴过去。

小裴上了车，没行多久就看见一座大到望不到边的豪宅，连大门都是用夜明珠镶成的，在太阳的照射下散发着柔和的光芒。进到里头，更是金玉铺地、珍珠做帘。

小裴没见过这么豪华的房子，就连他好友崔相国家也没这么奢侈。

一堆小仙女冒出来给小裴穿着打扮，赶他去拜堂成亲。

小裴还在惊讶中，就愣愣地胸戴大红花，叫人推着跟云英成了亲。

新娘子入了洞房，他又被推着去后堂向老太太行礼。

小裴这会儿反应过来了，朝老太太又跪又拜。

"快起来快起来，"老太太笑容可掬，"其实按辈分你还是清冷裴真人的子孙后代呢，不必向我行如此大礼。"说完领着他去见亲戚。

形容一下云英家的亲戚——屋子真神仙。

小裴一进去差点被七姑老爷二舅妈等各位长辈身上腾腾的仙气闪伤了眼。最后头坐着一位仙女，身着霓虹羽衣，云鬓低垂，老太太介绍说这是新娘的姐姐云翘夫人，刘纲仙君的妻子，如今已经是真人，在玉帝身旁做女官。

她见裴航懵懵懂懂，觉得好笑："裴郎不认识我了吗？"

小裴不敢认："我跟夫人家里不沾亲戚，怎么会认识呢？"

夫人给了他个友情提示："咳，鄂渚到襄汉的大船，奔现。"

小裴："！！！"哪儿有地缝他得找找。

所以说不要以为艳遇它就是艳遇，也有可能只是大姨子下凡给自己妹妹物色对象。

亲戚见完了，老太太催促小裴入洞房。

小裴扭扭捏捏跟着云英入了洞房，猝不及防被云英塞了一嘴糖豆。

小裴化身小仓鼠鼓着腮帮子猛嚼："娘子你这是给我吃的啥？"

答曰："我绛雪和琼英姐姐炼的仙丹，不害你的，放心吃，就是一会儿可能你这身体得有点变化，你别害怕。"

过了一阵，洞房传来一阵哀号："啊啊啊啊，娘子我身体变轻了！我飘起来了！我头发青了紫了红了，红了又绿了，完了完了我变身了，呜呜呜呜。"后头是云英把裴航的嘴给堵上了，头一回看见人成仙成得如此聒噪。

到了太和年间，裴航原先有个好友名叫卢颢，路过蓝桥偶遇裴航，当即老友见老友，拥抱唠嗑吃瓜子。

裴航托卢颢给自己家人报个平安，并且给了他十斤蓝田美玉、一粒紫府云丹，学名叫作大力丸，可以美容养颜预防感冒。

卢颢向裴航请教："兄弟你如今既然已经得道了，也教教我呗？"

裴航神秘微笑："老子曰：'虚其心，实其腹。'今之人，心愈实，何由得道之理。"

"……"卢颢一脸蒙，"听不懂，你稍微说点人话。"

裴航："意思就是告诉你死了这条心吧，想那么多没有用，先把人做好了再说。"

卢颢："行吧，你是神仙你有理。"也就不再执着追问，跟他喝了一顿大酒就去了。

仙山路远，从此再没有人见过裴航。

> 改编自孟棨《崔护》及裴铏《裴航》

图书在版编目（CIP）数据

唐朝传奇周刊 / （唐）李公佐等原著；顾闪闪等译 .
— 武汉：长江出版社，2019. 9
ISBN 978-7-5492-6655-5

Ⅰ . ①唐… Ⅱ . ①李… ②顾… Ⅲ . ①传奇小说–小说集–中
国–唐代 Ⅳ . ①I242.1

中国版本图书馆CIP数据核字（2019）第202345号

本书由天津漫娱图书有限公司正式授权长江出版社，在中国
大陆地区独家出版中文简体版本。未经书面同意，不得以任何
形式转载和使用。

唐朝传奇周刊 / （唐）李公佐等原著；顾闪闪等译

出　　版	长江出版社		
	（武汉市解放大道1863号　邮政编码：430010）		
选题策划	漫娱　徐珊		
市场发行	长江出版社发行部		
网　　址	http://www.cjpress.com.cn		
责任编辑	陈　辉		
特约编辑	马　飞		
总 编 辑	熊　嵩		
执行总编	罗晓琴	**开　本**	889mm×1230mm 1／32
装帧设计	龚　菲	**印　张**	7.25
印　　刷	湖北新华印务有限公司	**字　数**	220千字
版　　次	2019年9月第1版	**书　号**	ISBN 978-7-5492-6655-5
印　　次	2019年10月第1次印刷	**定　价**	39.80元